小海创业记

蒲 凡 著

中国财富出版社

推荐序

我与蒲凡相识，源自三十五年前的一篇新闻报道。那时，我作为陆军十三集团军三十八师的一名政治部干事，写了一篇有关一个军属小男孩捐款的新闻。这个六岁的小男孩，为响应南充市北湖公园修建捐款的号召，捐出了自己全部积蓄——九毛八分钱。这件事在当时，称得上是一件不可多得的"壮举"，人们纷纷为小男孩的行为"点赞"。而这名小男孩，就是本书的作者蒲凡。

几十年后，我与蒲凡有缘再一次在北京相聚。当他谈起写这本书的初衷的时候，我再次发现，他那颗心存善念、乐于助人的赤子之心，依然没有改变。

蒲凡向我介绍说，他和身边的一些朋友，都曾经有过许多创业经历，其中有成功的经验，也有非常惨痛的教训。他希望能通过某种形式，将这些经验和教训总结出来，或警醒后来的创业者，或为他们的奋斗之路指引方向，提供帮助。

于是我向他建议，自古以来，人类这个群体就喜欢听故事，而好的文学作品，既能反映世间百态，又能寓教于乐；与其编写说教式的经验文集，还不如以小说的形式，去展现年轻一代创业者的经历与得失。

经过半年多的努力，蒲凡终于完成了这部创业题材小说。令人欣慰的是，虽然这部小说的文学性还有些不尽如人意，但其内容已经较为深刻地反映了中国当代，特别是三四线城市的企业存在的问题，足以令后来的创业者深思和警醒。

这部小说主要将创业成败的分析视角放在人的身上，我认为是非常正确的。从管理学的角度来看，不管处于哪个阶段的企业，最重要、最核心的管理要素，仍然是人。彼得·德鲁克曾有两句充满辩证思维、非常经典的论断：人力资源是所有经济资源中，使用效率最低的资源；人力资源是所有经济资源中，最有生产力、最多才多艺、也最丰富的资源。

小说的主人公张小海，其一次次充满曲折的创业经历，无不反映出以"人"，或者说以"创业伙伴"为核心的合作与冲突。而减少冲突，降低组织内部的摩擦系数，往往是企业生存发展需要重点关注的方向之一。如果团队不能在价值观、方法论等诸多方面达成共识，那么矛盾与冲突将不可避免，更不可能在同一方向上发力前进。我们进而可以更加直白地道出，遇到靠谱的创业伙伴，成功的概率就更大一些，反之亦然。

然而就是这样简单的道理，在看似具有前景的项目面前，在一些大的利益诱惑之下，也并不是人人都可以发慧于心。佛法讲贪、嗔、痴三垢，贪念令人利欲熏心、执着于迷障；嗔怒让众人离心离德、引发纷争；痴使人是非不分、颠倒妄取。这些问题不仅仅是创业的大忌，对个人的成长也是有百害而无一利。

在改革开放已进入深水区的今天，我国民营企业在转型时期面临着巨大的挑战与机遇。一方面，一些传统的政策机会、人口红利已渐行渐远，任何继续采取粗放管理模式经营的企业都将难以为继；另一方面，新的国家扶持政策、新的技术体系将深刻影响经济发展格局，从而也会使一些善于经营管理，善于洞察机会本质的企业活得更好、更长久。

在我看来，《小海创业记》这部小说已或多或少体现出这样的现实意义，并且在某种程度上，以夸张的手法反映出一些传统企业家的思维陋习；而一些创业者一味追求功成名就的幻象，并不以创造价值为人生追求的终极目标，其事业必然是浮沙之塔，最终将轰然倒塌。

总的来说，人类社会就是一个巨大的舞台，不同时期总会有不同的角色轮番上演相似的场景。拥有辉煌创业历程的史玉柱一度走向低谷，牟其中规模宏大的南德集团瞬间灰飞烟灭……无数所谓"成功"的创业者在时代浪潮中起伏沉没，其经历令人叹息深思。

然而"后人哀之而不鉴之，亦使后人而复哀后人也"。创业之路虽有旖旎风光，但也崎岖道远。望年轻的一辈创业者、企业家，能够从各方失败案例中真正吸取教训，以正确的价值观和科学的方法论为基础，建立完善的现代企业管理体系，这样才能使企业稳步发展，长久生存。

最后，感谢蒲凡对众多创业者的经验之谈，也祝他的事业蒸蒸日上！

是为推荐序。

中国管理科学研究院机关党委书记兼企业家委员会主任

自　序

　　一个偶然的机会，我在"知乎"上以回答问题的方式，随手写下了自己以前的一些创业经历，没有想到，这篇名为《现在的年轻人，你们知道创业是怎么回事吗》的帖子，在短时间内居然获得了8万多的浏览量，近200条回复。至今，每天都有一些创业者加我的微信，希望能够得到更多的指点和帮助。

　　刚过不惑之年，一方面，我感叹人生短暂，太多的经验和教训还没来得及总结和反思。另一方面，我经常遇到更年轻的一辈，他们对人生和未来充满了幻想和期许，但又在创业道路上毫无经验。有的人费尽周折不得要领，有的人遇到挫败之后走向沉沦，有的人前方明明有很多陷阱，却依旧懵然无知地继续前行……

　　这些所见所闻所想，最终在我内心汇成一个声音：把更多的所见所闻写下来，不管是成功的，还是失败的；就算是再微不足道的经验，如果能够给后来者以启示，能够使人少走弯路、不走错路，或许也是很有价值的。

　　既有志于此，我便收集和整理了一些自己和身边朋友的创业经历，在一些师长的指导下，匆匆完成了这部创业题材的小说。里面绝大部分故事情节，都源自真实的案例。

　　和主人公张小海一样，很多创业者在出发之前，都是信心百倍，踌躇满志。然而，生活却往往比文学作品更加荒诞不经，更加残酷无情。

　　我们常常期待一个圆满的故事：主人公经历了无数磨难，终于柳暗花明，在种种奇遇下练成了绝世武功，最后华山论剑功成名就。而现实却是，他历经千辛万苦费尽周折，到头来却惨淡收场。

　　许多创业团队都曾有过无数豪情壮志和美好的愿景，其间也拥有过很多鼓舞人心的时刻，但如果有人对每一个关键环节抽丝剥茧，就会发现一些看似成功的表象，不过是昙花一现，有的更是迷惑人心的罂粟；而深层次的问题，却被他们有意无意地掩盖和忽视，最终成为导致失败的祸根。

　　作为一些事件的亲历者，我每每梳理这些往事时都深感痛惜，但又无法逃避——那些失败的经历最终都会如同淤泥沉积下来，堵塞住我们身体里每一根血管，然后以梦魇的形式把人从深夜中唤醒。

而如今，我们需要更加深刻地复盘、反思和总结，找到那些导致失败的原因。虽然每一个人的成功都很难复制，但我相信，大多数人失败的原因都有相似的逻辑。

找出这些答案，也许就能帮助自己或者他人，在我们下一次出发之前排除掉那些走不通的道路，躲开一些诡谲的陷阱。

我也希望通过这部微不足道的小说结识更多正在创业的朋友。如果我们有缘的话，也可以将你的故事告诉我，通过我孱弱的笔力呈现给世人。

好吧，我们主人公的创业故事就此开始！

蒲　凡

2019 年 4 月于北京

目 录

第一章

铭优教育

转让中小学课外辅导机构，张小海第一次创业失败

北门市，"铭优教育"中小学课外辅导机构。

止值卜课时间，学生们陆续从教室里走了出来。门外的一些家长早已经等候多时，他们将自己的孩子接走后，"铭优教育"又恢复了宁静。

今大是星期六。杜若忙完了一下午的工作，回到办公室里稍事休息。

她翻开本子，拿起笔，准备写今天的工作总结。

张小海推门走了进来，径直走到办公桌前坐了下来，一句话也没说。今天的气氛和往常有些不一样，屋内安静得让人喘不过气。

"这两天怎么没看见涛哥呀？"杜若问道。

张小海往后一仰，整个身子靠坐在椅子上，叹了一口气："他是不会再来了……"

杜若一愣，放下笔，好奇地问道："他怎么了，出什么事了吗？"

张小海慢慢站起身，皱起眉解释道："前天晚上易涛告诉我，他的父母不同意他做生意。他要求退掉所有股份。"

谁都没有想到，"铭优教育"开办了不到三个月，易涛就要这样中途退出了。

"他要退股那就退吧，如果想走的话，强留也是留不住的。"张小海有些怅然若失，"这么多年的同学感情，看来也是靠不住的。"

"有什么我能帮忙的吗？"杜若轻声问。

张小海思索片刻，神色凝重地说："易涛退股之后，我们的资金会十分紧张。如果还没多少收入的话，机构恐怕难以运转。他这样走了，也会缺一个数学老师，教学任务会打折扣。另外，现在招生工作也不顺利……这些都是迫切要解决的

问题。

"但最棘手的是，之前做这个项目，我没有任何教育行业背景，只是作为股东临时帮一下忙。易涛这一走，连个专职的负责人都没有了。"

张小海用求助的眼光看着杜若，继续说："能不能帮我问一问，看看谁愿意来当这个负责人。最好是有教育资源，能够全职参与。"

杜若合上手中的本子，想了想说道："我手里还有些钱，可以把易涛之前的股份接过来，你觉得怎么样？"

"你不是还在念书吗？有时间和精力一起创业吗？"张小海的眼睛一亮，语气却有些迟疑。

"时间倒没什么问题，反正我研究生也快毕业了。"杜若说，"这两个月，我也逐渐熟悉了一些业务。"

"最重要的是，我也想做点事，而不是每天过着平淡的生活。"杜若补充道。

"那太好了！"张小海心中的担子仿佛一下轻了许多。

"铭优教育"所面临的资金压力，随着杜若的加入暂时得以缓解。数学教师的空缺，也可以通过招聘的方式补充。唯独生源的问题一时难以解决。

中小学课外辅导，是老师在课余时间，向中小学生增补知识，或者进行应试强化练习。

一般来说，这种辅导班有两种模式。一种是一些老师在家，或者在一些小的场所开小班辅导学生，生源基本靠熟人介绍。

另一种就是有"社会力量办学许可证"的正规机构，生源除了熟人介绍之外，更多地需要市场化运作。

不管是哪一种，有教育资源的团队在生源上就有优势，他们可向一些学校的老师提供兼职上课的机会，而这些老师也会自带一些学生过去。

之前生源的问题一直是由易涛负责。现在易涛走了，有些关系也就断了。张小海和杜若只好在留住现有学生的同时，继续努力开展各项工作。

按照新的分工，杜若负责内部的具体事务管理，张小海全力解决招生问题。

不久，杜若从自己的母校北门师范大学，找了一位数学专业大三的学生做兼职教师，补上了易涛的空缺。

这位大学生虽然拿到了"教师资格证"，但还缺乏相应的教学经验。刚刚接手教学任务，她就表现得有些手忙脚乱，于是杜若从头开始，一点点耐心地指导她。

张小海联系了一些当老师的同学和朋友，他们答应帮忙带一些生源。他还雇了几个临时工，在一些学校门口发放传单，又让他们在周边小区和一些街口布置了"铭优教育"的固定摊位。工作之余，杜若也会帮着张小海做招生工作。

张小海和杜若努力奔走。然而，半个多月过去了，招生情况仍然不太理想。

由于机构没什么名气，一些家长对他们的教学能力持怀疑态度。而张小海和杜若的熟人、朋友，一时半会儿也没办法介绍更多的生源。

一天，张小海口干舌燥地回到办公室，拿起桌子上的杯子"咕咚咕咚"灌了不少的水。

杜若下了课来到小办公室，一进门就看见张小海气喘吁吁的样子。

"怎么样，今天还是没什么收获吗？"她关切地问。张小海无奈地摇了摇头。

二人四目相对，一时间也不知道该说什么才好，办公室就像一个沉寂的池塘。

"现在咱们的资金还剩多少？"张小海首先打破沉默。

"除了预支的场地费、水电费，剩下不到八万。"杜若拿出纸和笔，略微算了一下，"这段时间进账很少。算上工资、房屋水电费、书本杂费等，每个月的开支差不多要一万五左右。照这个情况……"

"晚上一起吃个饭，再好好商量商量。"张小海打断杜若。虽然他也没有更多办法，但两个人能在一起多想想，或许还有一线生机。

两人下班后，在北门师范大学附近找了个地方。这家名叫"荆州烤鱼"的餐馆味道不错，张小海以前来过多次，里面人头攒动，生意火爆。

张小海点了一条乌江鱼。香气四溢的烤鱼上桌之后，他们却迟迟不动筷子。

"杜若，你觉得我们还有没有别的办法？"

"招生的事情，始终是个大难题。"杜若捋了捋头发，忧心忡忡地说，"咱们机构成立的时间不长，有些家长不放心把孩子送过来。一些老师的教学经验还比较欠缺，授课的效果也不太好。"

张小海无奈地笑了笑："是啊。可我们现在资金也很紧张，很难请到一些经验丰富又有名气的老师。"

杜若补充了一句："还有易涛的姨妈，王丽萍。你知道的，她以前的做法影响也很不好……"

"这不是小海吗？啥时候来的，也不跟我打声招呼！"突然，一个声音打断了二人的对话。

只见一位中年男人拿着一个手包，从饭桌侧面经过。这人四十多岁，头发精短，体型偏瘦。

"表哥！这么巧你也在这里吃饭啊。"张小海抬头一看，赶紧站起身。

张小海一边拉开身边的一把椅子，一边向杜若介绍："这是我表哥，吴东方。"

"我不是跟你说过吗？我在这儿开了一家烤鱼店。"吴东方拍了一下张小海的背，顺势坐了下来。

"哦……"张小海恍然大悟般点点头。

吴东方早年是北门市建设银行的职工，后来下海经商，在成都和北门都有生意，他大多数时间在成都，有时会回北门来看看。

"没想到今天在这儿碰到你。"吴东方说。他看了一眼杜若，又看向张小海，问道，"女朋友啊？"

"不是不是，同事。"张小海笑着说。杜若也有礼貌地一笑。

"听说你办了个课外辅导班？"吴东方问道，又吩咐服务员加了两个菜，"现在小孩的钱最好挣了，你做得还不错吧？"

"挣大钱就不指望了，现在只能算是勉强维持吧。"张小海苦笑着摇摇头。他不好意思说出实情，心想再这样下去的话，估计要喝西北风了。

吴东方夹起一块热气腾腾的鱼肉，放在嘴里嚼了嚼，说道："弟弟啊，别灰心，做生意有时候就是这样的，东方不亮西方亮。不去做，你永远不知道是赔还是赚。

"就说我吧，最开始租下这店面的时候，我弄了个咖啡馆，好好装修了一下，觉得大学生肯定都喜欢这调调。"

吴东方放下筷子，扭了扭脖子，接着说："可结果呢，我还不是想错了。开了不到半年，每天没几个人，来的大多是蹭免费空调的，点一杯咖啡就坐一下午。这百十来块的进账，连房租都挣不够！

"后来，干脆我也不卖什么咖啡了。民以食为天，不管怎么说，这帮学生总得吃饭吧，又改成烤鱼店，这才赚了些钱。"

吴东方指了指停在门口的一辆宝马："这不，前段时间刚换的。这生意要是做好了，赚钱那是分分钟的事。"

吃完了饭，张小海回到家，静静地躺在床上，想起吴东方说的那些话。

"东方不亮西方亮……"

第二天，结束了一天的工作，张小海和杜若又坐到了一起。

"咱们的情况，你也知道……"张小海抬起低下的头，疲惫地说，"照现在的资金消耗速度，我们很难再多支撑几个月。不如尽早把机构转让了，可能还可以减少一些损失。"

杜若脸上露出一丝吃惊的神色，但似乎也预料到有这样的结果。她点点头，没再说别的。

"对不起，没能让你跟着我赚到钱。"张小海有些沮丧。

"没事。做生意有赔有赚，很正常。这也是锻炼自己的好机会，对吧？"杜若松开紧咬的嘴唇，淡然一笑。

两人互相安慰着对方。"铭优教育"毕竟是他们的初次创业，没人能保证在创业的路上一帆风顺。

接下来的半个月，他们在一些中介平台发布了"铭优教育"的转让公告，不久就有好几批人前来询问考察。

经过几番讨价还价，一位中年妇女表示愿意以二十万元接手。据说她的丈夫有着丰富的教学经验和广泛的人脉资源。

"铭优教育"总算有了一个好的归属。张小海的心里五味杂陈。

"铭优教育"早已成为他的第二个家，就连一草一木都十分熟悉。而现在这个"家"不久就会有新的主人。这几个月的创业经历虽然不长，但"铭优教育"就像自己的孩子一样，而现在他和杜若却只能将孩子拱手送人。

转让之后，不算张小海找父母借的两万元，一些固定资产、房租和转让费加起来，张小海和杜若总共拿到了十八万元。

算下来，他们这次各自损失了一万多元。虽然钱不多，但也足够让他们尝到失败的滋味。

历经近半年的时间，张小海的第一次创业最终以失败收场。

弄成这个样子，张小海只怪自己的创业经验太少。

易涛鼓吹投资回报，动员张小海一起创业

时间回到 2012 年 7 月中旬的一天。

下班之后，张小海骑着自行车，穿过拥堵的街道，在炎炎夏日的热浪中，慢悠悠地回到家里。他洗了个澡，伸了个懒腰，顺势躺倒在沙发上。

去年大学毕业后，张小海在父亲的安排下，找到了一份还算稳定的工作，虽然只是临时工，时光总是不经意地匆匆离去，一转眼，这份工作也干满一年了。

"小海，你的公务员成绩是不是该出来啦？"张小海的母亲端着一盘菜，从厨房里走出来，看了他一眼，问道。

"嗯。"张小海有气无力地应了一声，眼睛直愣愣地盯着天花板。

张妈妈把手中的菜放到桌上，拍拍他："快起来，这回考得怎么样？快给妈说说。"

张小海一句话也没说，坐起身站起来，径直向洗手间走去。

"你该不会是又考砸了吧？"张妈妈解下腰上的围裙，顿时有些着急。

"不知道。"张小海从洗手间里出来，模棱两可地说，"反正面试没通知我。"

"这孩子，怎么连自己的成绩都不关心啊。这都考了两次了，还考不上怎么办？"张妈妈摇摇头，满脸不高兴。

张小海的父亲从卧室里走了出来，看了母子二人一眼说："别打击孩子了，两次算不了什么，继续努力吧。"他倒了一杯酒，坐在桌前，"大不了明年再考嘛。来，吃饭。"

张小海没再说话，低着头喝了一口碗里的南瓜粥。桌上摆放着他平时爱吃的番茄炒蛋、土豆丝、香肠和卤鸭，但此刻他却没什么胃口。

草草扒拉了几下，张小海回到了卧室。

张小海出生在一个军人家庭。早年父亲从部队转业后，在北门市文化局工作，退休前是副局长，母亲是一名幼儿园老师。

在填报高考志愿的时候，张小海选择了中国人民公安大学侦查学专业。这是父母对他的要求，他们希望张小海毕业后能够考上公务员，成为一名人民警察。

但从内心来讲，他实在是不喜欢这样的工作。虽然警察这个职业也比较神圣，很具有挑战性，但相比之下，那些名人——史蒂夫·乔布斯、比尔·盖茨等人的创业故事更让人着迷。更不用说，改革开放这三十多年里，有多少人把握住大的趋势，成为时代的弄潮儿，迈入了亿万富翁的行列。

父母经常对他说，平淡是福。最开始，他也试着去接受这种观点。大学毕业后，他回到了北门市，一边干着现在的工作，一边报考公务员。

可渐渐地，张小海看着单位里那些老同志，平淡地过完这一生，一想到他们的今天就是自己明天，这一眼望到头的生活常常让他烦闷无比。以后就算考上了公务员，这种平淡的日子又会有多少变化？

突然，手机响起，打断了他的思绪。张小海靠在床头上，掏出了手机。原来是易涛，一个从小玩到大的老同学打来的。

"小海，好久不见！"电话接通，那边的声音有些兴奋，"最近忙些什么呢？"

"老样子啊……每天上班呗。"张小海慢吞吞地、有气无力地回答着。

"晚上有时间吗？一起吃个饭，有个大事跟你商量！"易涛的口气瞬间变得有些严肃。

张小海笑着说："你还能有什么大事？"

"别问那么多啦，就这么愉快地决定了！"易涛的语气很坚定，就好像张小海一定会答应他似的。

老同学许久不见，在一起吃个饭也很正常。刚才晚饭的时候，张小海没吃多少东西，这会儿肚子倒也饿了。

没多想，张小海和易涛约好了地点，便结束了这次通话。

他们在一家餐馆见了面，两人分别落座，点好了菜，张小海问起易涛的近况。

"除了教书，还能干什么？"易涛说，"我去了成都，现在是一名数学老师，养家糊口呗。"

"怎么又到成都了？"张小海有些纳闷。记得上次见面的时候，易涛还在北门一所学校当老师。

"我通过熟人介绍，考进去的。那里的工资比这边要高很多。不说这个。这次放暑假回来，正想找你说个事……"易涛用手指敲了敲桌子，眉头一挑，笑着问，"你一个月大概挣多少钱？"

张小海不知道他为什么突然这么兴奋，只好说道："两千多块钱吧，怎么啦？"

"两千多？干啥劲！"易涛用筷子拨了一下吃了一半的红烧鱼，一脸的嫌弃。

张小海苦笑道："不干，我喝西北风去？"

"没意思。"说完，易涛摆出一副神秘的样子，"想不想挣大钱？"

张小海哈哈一笑，心想你一个教师还能挣什么大钱？不过……说不定易涛真有什么好点子。

"赶紧说，别卖关子！"

易涛放下筷子，将酒杯中的啤酒一口喝干。几杯下肚，他有些微醺。

"我们学校有个老师，他在成都办了一个辅导班，你猜每个月他能挣多少？"

张小海一听来了兴致，随口说了个数："七八千？"

"七八千？太少了。"易涛不屑地说，"两万！而且没有什么开支。"

张小海有些惊讶。真是隔行如隔山，没想到办个辅导班，一个月收入竟然有这么高。

"他只是临时在家里带带学生，就能月入两万。如果能多开一些课程，收更多的学生呢？每个月的收入起码十万！"

张小海的心"扑通扑通"狂跳了几下。按这个算法，用不了一年的工夫，谁都能成为百万富翁了。

易涛看到张小海有些动心，继续说道："怎么样，咱们要是能办个辅导班，你想想以后会怎么样？"

"没这么简单吧……"张小海慢慢冷静了下来，问道，"我们有办班的条件吗？"

易涛又倒了一杯酒，说道："要是小打小闹，这没问题。我自己也可以搞一个，就和我那个同事一样。"

"不过不是没有风险。像这种非正规的辅导机构，有人举报投诉的话，会被教育部门取缔的。"

易涛夹了一颗花生米，边嚼边说："要干，就要办一个正规的辅导机构。租一个一百平方米左右的场地，可以容纳四五十个学生。按每人每节课收费四十元至一百元来算的话，年收入在百万左右。"

张小海点点头，示意易涛继续说下去。

"关键在于，要有一张'办学许可证'。这个证每个地方都有名额限制，而且审核很严格，不太好搞。"易涛给张小海倒了一杯酒，"你爸爸有没有什么门路？"

张小海想了想，然后说："这样……回去我问问，再告诉你。"

易涛见张小海答应了，兴致更加高昂，说话也更利索了："然后就是资金问题。如果你愿意的话，咱俩一人出十万块钱，就在北门做这个项目。"

"那你成都的工作怎么办？"张小海有些疑虑地问。

"这简单。"易涛的脸色红润，他睁大眼睛说，"只要你能搞定'办学许可证'，我马上把成都的工作辞了，到时候咱们一起创业，当大老板！"

"你什么都不用管。我找两三个老师来上课，你每个月分钱就行了。"他端起杯，主动碰了一下张小海的杯子，把酒干了。

"等你好消息，争取在我放暑假期间，就把这事办下来。"

晚上回到家，张小海把这事告诉了父亲。事先他盘算了一下，这些年他存了四万多零花钱，如果父母再支持五万多块的话，资金的问题就解决了。

张爸爸思考了片刻，说道："你现在的收入不高，想办法挣钱也是对的。有人来运作，你能参股分红，倒也不错。我找人问问，你们说的那个许可证，也许办下来不是太难。"

躺在床上，趁着还没退去的酒劲儿，张小海兴奋不已，身体里仿佛充满了能量。

有老同学的主动邀请，有父母的支持，这个从天而降的创业项目让他充满了期待。真是天时地利人和，他要好好抓住这次难得的机会，争取赚得人生中的第一桶金!

费尽周折办完手续，"铭优教育"正式成立

七月的北门市，嘉陵江水一蒸发上来，整个城市就闷热无比。不久前还是晴转多云，一阵狂风过去，豆大的雨点就伴着雷鸣掉了下来。

张小海和易涛来到一家茶餐厅，坐在了一处靠窗的位置。他们来得及时，雨点啪啪地向地上扫射，窗外的路人四处躲窜。

距离他们上次见面，又过去了一周的时间。

张小海眉飞色舞地向易涛通报了最新的进展：他的父亲有一个下属，后来调到市教育局，现在已经是副局长了。

"我爸向他打听了一下，说是可以帮帮忙。但正常的审批环节不能少。"张小海一脸笑容，然后告诉易涛愿意入股。

"不错不错。"易涛也比较激动，他大概没想到会这么顺利，"在许可证拿到手之前，我们就可以先开干了！"

易涛粗略地给张小海算了一下账，场地资金、教师工资、教学器材等，总投入差不多在二十万左右。

"前期开支，这些钱应该是比较充足的。只不过，还是那个问题……"易涛停顿了一下。

"放心吧，许可证应该是有把握的。"张小海点点头。

"嗯嗯。"易涛想了想，继续说，"那我要考虑向单位请一段时间长假。暑假结束之后，我还可以再继续待在这里，直到证照办下来再辞职。"

"没问题，按你的思路来吧。"张小海说。

"另外，我还有一个小小的要求……"易涛吞吞吐吐地说道。

"说吧，什么要求？"张小海喝了一口茶，问道。

"你是知道的，我要是辞职出来干，是付出最多的。我希望能给我 10% 的干股。"易涛的眼神闪烁，表情有些紧张。

张小海的喜悦开始散去，突然感觉眼前这个人有些陌生。

"这样吧，你知道办这个许可证，也要动用我爸的关系。要不，也给他 10%

的干股？"张小海拉下了脸，他的胸口像是压了一块石头。

易涛一怔，似乎意识到自己这个提议不太合理。

"那算了吧，我们还是平分。"他悻悻地说。

"说说场地的事吧。怎么打算？"张小海换了一个话题。虽然他心里有些不舒服，但事情都说到了这个程度，而且易涛又是自己多年的同学，他还是希望能促成这个事。

"我打听过，场地首先要符合消防部门的要求。消防器材可以购买，但有消防通道的地方，可不是随便就能找到的。"易涛回答道。

"其次，选的这个地方，要保证在市区内，交通一定要便利。最好在一些中小学附近，这样生源才有保障。

"而且场地不能太小，最好有一白半方米，可以设置一些大小班，也能搞一对一教学。有一定规模才能赚大钱。"

易涛似乎说得很有道理。在教育培训方面，张小海毕竟还是一个外行，很多事情都不太懂。于是，他又向易涛提出了一些其他问题。

"没那么复杂，找到场地，一切都好办。"易涛轻描淡写地说。

"好吧。"

说干就干，两个人决定，先到一些中小学附近寻访一下。

这些地方大多位于老城区，周边是一些居民楼，能出租的地方面积都比较小，只能进行一对一辅导或者办小班。临街面积大一点的，绝大多数已经做成了商铺，不但租金贵，而且少有人转让。他们转了一圈，都没找到合适的地方。

他们又将目标选择在市中心附近。易涛认为，这些地方交通十分便利，可以满足家长接送孩子的需要，而且环境比较好，便于长期发展。

在一处商业区的腹地，张小海和易涛看到一个空荡荡的商铺。走近一看，玻璃门上贴着一张法院的查封公告，还贴着一张招租公告。他们觉得很奇怪，就给招租公告上的联系人打了电话。

原来在两个月前，这个商铺的业主因为欠别人钱，被法院判给了债权人。现在债权人接手后就发布了招租信息。

从外观上看，这个地方好像还不错，比较符合易涛说的条件。询问了价格，他们得到的答复是："年租金十一万。"

"这么贵!"张小海嘀咕了一句。差不多同样大小的商铺，其他地方也就七八万。

"可以先看看。"易涛说罢，让房东过来谈谈。

等了半小时，房东来了，打开了门。这是一个两间打通的商铺，实际面积九十多平方米，光照充足，背靠主街道，周围的环境也比较安静。

"我看这个地方，大小还算合适。"易涛十分满意地说。

这么炎热的天，他们都走得口干舌燥。看样子，易涛也不想再跑了。

"而且交通也比较便利。你觉得怎么样?"他补充说。

"十一万啊，能收回成本吗?"张小海很是犹豫。

这几天跑下来，他感觉易涛说的那种场地，虽然条件十分完美，但在实际中很难找到。

"为什么不到开发新区找呢?那边交通也很便利，租金便宜得多，面积大的也有。如果宣传到位的话，家长也会开车送孩子来的。"张小海建议。

易涛坚决不同意。他认为老城区才有人气，宣传可以省很多事情，辅导班只要一开张，客源自然就有了。

看到易涛成竹在胸的样子，张小海想了想，易涛毕竟比他更专业，于是也就同意了。

"放心吧，我们年入百万的时候，这点钱算什么?"易涛递给张小海一瓶矿泉水，轻松一笑。

租下场地后，他们向消防部门提交了申请报告。不久检查人员来过两次，给他们提了一些建议。总的来说这个地方符合要求，只是需要更换新的消防器材。

"怎么样?没错吧。"易涛对自己的决策很是得意，"消防不过关，场地就白租了。"

然而易涛只说对了一半。当他们办完消防手续，从教育局领来申报资料的时候，一下都傻眼了。

申请"办学许可证"有一些硬性条件，比如最起码的，教学和办公用房的面积不得少于两百平方米。而这刚租下的铺面面积还不到规定的一半。

这下把易涛搞得很狼狈，他不得不再次联系房东。但对方不同意退租，否则将按协议收取总价 10% 的违约金。这倒好，还没开工，就要赔一万多元。

不过房东给他们出了一个主意。这个商铺足够高，可以在装修的时候隔成上下两层，这样差不多就有两百平方米了。

他们询问了几家装修公司，都说改造没问题，但要多出近三万元的材料费和人工费。

左右都是坑，张小海叫苦不迭。可万一这样装修，仍过不了关怎么办？

想到父亲曾经的那个下属，教育局的叔叔，张小海赶紧给他打了一个电话。

对方答复说："以实际测量为准。"

张小海心领神会，在电话里表示万分感谢。

易涛居然连基本的政策都没吃透。张小海的脑袋有些胀痛。这下再也不能掉以轻心了，他们要认真研究研究。

果然，师资力量也不是易涛说的那么简单，随便请两三个人就能应付。

按规定，教师总数不能少于六人，专职教师不少于两人，除了要有相关的证件证书之外，还要有签订的聘任合同。

当然，手续可以继续完善，但教师始终要想办法多找一些才行。

于是易涛花了些时间，联系了一些认识的老师，请他们业余时间来授课。他还借了几本教师资格证充门面。

"我看准备得差不多了。"易涛如释重负地对张小海说，"现在还缺一个英语老师，你抽空帮我找找吧。这段时间还要忙装修的事。"

"没问题。"张小海也松了一口气。

张小海白天上班，晚上就到租的场地帮着易涛打下手。趁空闲时间，张小海在网络上发布了一些招聘广告。

一天下午，张小海刚下班过来，一个女生来到装修现场。

"请问张总在吗？"女生问道。

她身材高挑修长，上身穿一件紫色大圆领短袖，下身穿着蓝色牛仔短裤，脑后梳着整齐的马尾辫，前额有斜刘海，加上干净的脸颊，给人的感觉十分清爽干练。

张小海和她简单聊了聊。女生名叫杜若，天津人，几年前考上北门师范大学的英语专业。

"你毕业了吗？"张小海问。

"还没有，我现在是研究生在读，每天会有一些空闲时间，所以打算找一份兼职工作。一来可以挣些工资，二来也可以锻炼我的教学能力。"杜若大方自然地回答道。

"你以前做过教师的工作吗？"

"曾在一些学校实习过。本科期间，还做过一些教育培训机构的中介，挣了一点生活费。"

经过更深入的交谈，张小海对杜若的学历和专业十分认可，他又叫来了易涛。他们一起来到一间还没装修好的教室，听了杜若的试讲，对她的素质和才艺感到满意。

"这个女生还行，就她吧。等开业的时候，让她过来上班。"易涛对张小海说。

半个多月后，紧张忙碌的装修施工终于收尾了，教学器材也陆续进场。

"不错吧，以后这就是咱们的办公室啦。"易涛坐在一把旋转椅上，跷起二郎腿，眉开眼笑地说。

张小海抚摸着光洁的办公桌，心里也是说不出的舒服。颜色鲜亮的花卉盆景，崭新的教学仪器，良好的照明环境……

"再来看看咱们的教室。"易涛站起身，拉着张小海走出办公室。

在教室门口，眼前的一幕让张小海十分喜欢：二十多套崭新的桌椅整齐地摆放在里面，洁白的墙壁上贴着醒目的名言警句和励志趣闻。

教室前方的多媒体幕布缓缓下落，易涛走到讲台前，站得笔直。

"同学们好！"易涛大声说道，仿佛面前齐齐地坐着几排学生。

张小海哈哈笑起来。

场地租金加上装修施工、设备采购等费用，应该花了不少钱。看着兴奋的易涛，张小海关心地问："咱们手头的资金还充足吗？"

易涛一摆手说："放心吧，都在我的掌控之中！"

万事俱备，张小海和易涛向教育局递交了申报材料。过了几天，相关人员来到现场一一核对验收：消防审批、场地、基础设施、师资力量……没挑什么大的毛病。

半个月后，他们终于拿到了"办学许可证"。张小海和易涛一直紧绷的神经总算松弛下来。接着，他们又去办理了营业执照和税务登记证。

以前张小海听说办理这些手续相当烦琐，现在体会到了。这次要是没父母的帮助和支持，他们恐怕第一步都难以迈出。

在办公室里，张小海看到刚摆放在桌上的营业执照，"铭优教育"这四个字似乎格外醒目，一种成就感油然而生。

可接下来的几天，张小海又被易涛搞得心烦意乱。

他们在核对账目的时候，张小海发现开支情况乱成一锅粥，一大堆发票和收据胡乱塞在办公室的抽屉里。他们整理了一个晚上才弄清楚。

"你一个教数学的，连这些账都算不清吗？"张小海抱怨道。

"这段时间一直在忙装修啊，哪里有精力……"易涛支支吾吾地解释，却也没说个所以然。

而最让他们尴尬的是，房租和装修超支了很多，接下来要运营的话，至少还需要两万块钱。

"我所有的积蓄都投进来了。"易涛无奈地说。

不得已之下，张小海只好再次向父母求助，请他们借给自己点钱，赚了再还给他们。

"那个易涛啊，从小我就觉得他有些飘，你可当心点。"张妈妈把两万块钱递给张小海的时候，提醒他说。

真是一波三折。不过，总算有自己的事业了。张小海的心里是苦中带甜。

管理出现严重问题，易涛做事虎头蛇尾

2012 年 9 月 8 日，上午 9 点。

"噼里啪啦……"此起彼伏的鞭炮声在"铭优教育"门外响起。

"我宣布，'铭优教育'正式开业！"宽大的讲台后面，易涛神采奕奕，高声说道。台下是几位辅导老师和工作人员，大家的眼里充满了对未来的期待。

张小海拿起剪刀，将门口的大红布条剪开，教室里响起一阵欢快的掌声……

辅导机构成立之后，这段时间张小海总是洋溢着笑容，一脸兴奋。创业初期这种激动的心情，估计要持续一阵了。

机构的日常教学和管理工作，张小海是一窍不通的，不过还好有易涛全权负责。张小海一有空就过来，看看能不能帮上什么忙。

"张总来啦！"一天杜若刚下课，回到办公室就看到了张小海，连忙热情地打着招呼。

"怎么样？工作还适应吧？"张小海关切地问。

"很好呀，大家相处得都很不错。"杜若回答道。

张小海赞赏地点点头，笑着说道："咱们年纪都差不多，以后就别这个总那个总的叫啦，我都快不好意思了！"

杜若微微一笑。

"对了，前台的那位阿姨和易总……涛哥是什么关系呀？"杜若好像突然想到了什么，开口问道。

"你说王丽萍，王阿姨呀？她是易涛的姨妈，之前也没什么稳定的工作。把她安排到这里，做前台和财务管理工作。"张小海解释道。

她若有所思地点点头，没再说别的什么。

"以后工作上有什么不懂的，尽管来问我和易涛。"离开办公室的时候，张小海的嘴角又泛起了笑意。

大课教室外，张小海透过门上的玻璃，看到易涛正在上课。易涛的肢体语言和表情非常丰富，吸引了学生和一些家长的目光，大家都听得十分认真。

临到下课，易涛与一个年轻女子从教室里走了出来了，与张小海打了一个照面。

"来啦！"易涛先打招呼。

张小海半开玩笑半安慰道："易兄，辛苦辛苦！"

易涛哈哈一笑。他身边的那位女子牵着一个八九岁的小男孩，她身材匀称、秀发披肩，脸上有一对浅浅的酒窝。

"陈兰小姐，听了一节课，您觉得我们的课程怎么样，还算满意吗？"易涛顾不上与张小海寒暄，侧身对那女子说。

女子摸着男孩的头，抿嘴一笑："这些知识我都快忘光了。今天听易老师的课，又重新捡了起来。您讲得很生动，很有趣，程程听得也很专心。我觉得效果挺好的。"

"那我们进办公室谈吧。"易涛伸出右手，做了一个邀请的动作。

在办公室里，张小海默不作声地听他们继续交谈，才知道那个叫"程程"的小男孩是女子的侄子。

"我回去给他妈妈说说，让程程报一期的班。"临走的时候，她微笑着对易涛说。

张小海看到又谈成一笔生意，心里也非常高兴。

"厉害啊，很快就把人家说服了。"张小海说。

"开什么玩笑——这就叫专业！"易涛满脸骄傲的样子，"你没见这段时间来的学生，好多都是冲着'易人师'的名气来的。"

"你就嘚瑟吧。"张小海笑着回应他。

"不和你闲扯了。我还有点事要办，先出去一趟。"说着，易涛拎着手包走出了办公室。

张小海左看看，右瞧瞧，大家都在忙，他顿感无聊。突然他心血来潮，打算查看一下近期的账目情况。

前台空无一人，张小海这才想起刚才进门的时候，也没见到易涛的姨妈王丽萍。这还没有到下班的时间，她会去哪儿呢？张小海十分纳闷。

张小海在前台坐了下来。桌子上，笔和本子横七竖八地摊着。张小海微微皱了下眉。他一边收拾，一边寻找机构内部的账本。

终于，在桌子下面的橱柜里，张小海找到了账本。上面零零散散地记录着从开业到现在的经营情况。有的只写了客户姓名和联系方式，有的只记录了一些金额，字体歪歪扭扭，账目显得格外杂乱。

做事怎么这样？张小海有些不爽。看来有必要抽个时间叮嘱一下易涛，或者亲自和王丽萍谈谈。

第二天，张小海突然接到文化稽查大队的一则通知：省文化厅领导要来北门市检查，各部门要全力整顿文化市场，积极开展迎检工作。

　　张小海这可顾不上"铭优教育"了，王丽萍的事也抛在了脑后。从九月底到十月中旬，他和大队成员几乎天天从早检查到晚，弄得全城"鸡飞狗跳"。

　　偶尔他也会给易涛打电话问问情况，但易涛每次都对他说："放心吧，一切正常。"

　　好不容易检查工作结束。一天下午，张小海终于闲了下来，有时间到辅导机构看看。

　　张小海推门进去，又不见王丽萍的人影。

　　一场秋雨一场凉，虽然天气不太热了，但张小海却有些烦闷。他摇摇头，继续往里走去。

　　在大课教室门外，张小海看了十多分钟，实在是看不下去了。

　　一个二十多岁，面容稚嫩的男教师站在台上。下边的学生有的在听课，有的在和邻桌的同学小声说话，还有的用铅笔在桌上画来画去……

　　而这位老师对学生不管不顾，只是照本宣科地讲授内容，肢体和表情也十分僵硬。

　　易涛怎么不好好指点指点？张小海摇摇头。他转身走进办公室，想找易涛聊聊。

　　"回来啦，这几天上哪里去了？"看到张小海，正在忙碌的杜若开心地问道。

　　张小海不愉快的心情瞬间消散了一半。他坐下来喝了一杯水，将这段时间发生的事情讲给她听。

　　"你太坏了，没收人家那么多东西。"杜若开玩笑地说。

　　"要不是我们严格执法，"张小海笑道，"那些盗版的、黄色的东西，要祸害多少小朋友啊。"

　　环视四周，除了杜若，办公室没别的人，张小海问道："易涛呢？他上哪儿去了？"

　　一时间杜若沉默了下来。

　　"怎么啦？"看到杜若犹豫的神情，张小海觉得有些不对劲。

　　终于，杜若吞吞吐吐地说："涛哥这几天……每天来一下，安排好任务之后就走了……我也不知道他到哪里去了。"

真是怪事。听到这些话，张小海越来越纳闷。来了两次都没见着王丽萍，最近易涛又不知在干什么。

"你可别瞒我，我打电话问问他。"张小海掏出了电话。

杜若见状只好说："你们是同学，他都没告诉你吗？"她停顿了一下，"最近，他交了一个女朋友……"

"什么？"

"好像叫陈兰。"

这个名字有点印象。张小海想起那天，一个女子带她的侄子报名的情景。

"是我们学生的家长吗？"张小海有些吃惊地问道。

"好像是。"杜若想了想，说道。

"他有时候会带那个女生过来，"杜若有些哭笑不得，"涛哥还反复嘱咐我们，在那个女生面前要叫他易总。"

"还有一件事想告诉你，不过怕你生气。"杜若补充道，"有一天晚上我上完课，大概八点正准备回去，就看见七八个大妈走了进来，打开小音箱，在教室里跳起了广场舞。

"我问她们，谁让你们来的呀。她们说王阿姨把这块场地租给了她们，她们是晚上来跳舞的。"

张小海越听下去，越觉得不可思议。没想到才半个月时间，竟然发生了这么多"神奇"的事情。

张小海忍着火，给易涛打了一个电话，对方居然没接。他又给易涛发了一条短信，约他晚上一块吃饭。

过了十多分钟，易涛才回了电话。他神神秘秘地告诉张小海，现在有事，回头见面聊。

晚上八点，北门市一家火锅店。张小海一个人坐在一张桌前，火锅里翻滚着红汤，他无精打采地涮着几片毛肚。

直到九点，易涛才出现，张小海已经没心情听他解释了。而易涛却兴致勃勃地讲起他和那个陈兰的事。

"最近我才知道，她家特别有钱。"易涛用筷子夹起锅里的一片牛肉，表情十分愉悦，"她爸在搞房地产，在重庆那边还开发了座矿山。她有时候来接我，开的都是奥迪 TT！"

"你能不能干点正事？"张小海放下筷子，有些生气，"你说说，最近咱们的收入怎么样？"

易涛给自己倒了一杯啤酒，满不在乎地说："小海哥，以后跟着我发达吧。搞定了陈兰，这辈子吃喝不愁了。咱们这破教育培训，回头让她投资个百八十万，轻轻松松的。"

张小海一听有些冒火："那业务你就都不管了？你不在这里盯着，难道要我辞职出来做吗？刚起步，你就这样！"

"放心，放心，一切正常。"易涛慢悠悠地说。

"正常？你那个姨妈，王丽萍。工作一点都不负责，有时候连人都找不着。"接着，张小海把王丽萍不在岗的情况告诉了易涛。

不过"广场舞大妈"的事他忍住没说，一来给易涛留个面子，二来没亲眼看见，也不知道是真是假。

"老年人嘛，有时候机构没啥事，她到附近找人聊个天，也很正常。说不定还能带点客源来呢。"

易涛能把黑的描成白的，张小海气得够呛。

"还有，你不在的时候，教师们都有些懈怠。那些没经验的老师，就这样让他们上台吗？"张小海不依不饶地说。

易涛见张小海真的生气了，连赔了两杯酒。

"好好。我姨妈那边，我会批评她。那些大学生教师，培养也是需要过程的嘛，多一点耐心吧。至于陈兰那边，我向你保证，不会影响正常工作的！"易涛打了一个饱嗝。

易涛退出"铭优教育"，张小海总结失败教训

一天晚上六点半，张小海刚回到家，就接到单位的电话，说是有一份文件印错了，要统一回收销毁。他想了想，才记起那份文件落在了"铭优教育"。

这段时间单位的事情比较多，辅导机构生意又不太好，晚上没什么学生，张

小海去得也少了。

张小海寻思着把文件拿回来，顺便再去辅导机构看一看。

他刚走到"铭优教育"的大门口，就听到里面传来一阵音乐声："你是我天边最美的云彩，让我用心把你留下来……"

来到大课教室，张小海隔着玻璃，看到王丽萍在前面领舞，脸上洋溢着灿烂的笑容，身后七八个大妈学着她的动作，也跟着一起跳。教室里的桌椅被挪到了一边。

张小海刚想发作，却又忍住了。杜若反映的情况，刚开始他还不敢相信，而现在眼前的场面真叫人哭笑不得。易涛是他的创业伙伴，王丽萍又是易涛的姨妈，张小海不想把关系搞僵，可是……

他犹豫了半天，还是敲了敲门。王丽萍关了音乐，和那几个大妈说了两句，就走了出来。

"王阿姨，这怎么回事啊？"张小海问道。

"这个呀……"王丽萍一时语塞，不过尴尬的神情很快就一闪而过，"你知道的，晚上生意不太好嘛。我想了想，就把场地租给我们中老年舞蹈队了，还可以创点收嘛。"

"生意不好？那为什么不想办法招生呢？"张小海继续质问道。

"招了的呀，哪有说得那么容易嘛。"王丽萍解释说，"你看我，天天都在想办法。我今天还在给那些舞伴说，让她们把孙子带来。"

"你们……"张小海有些郁闷。

"易涛上哪儿去了？"张小海问。

"他啊，他没给你说吗？说是到成都有事，前天就走了。"

"什么？"

没想到那天晚上他们聊了，易涛还是没把机构的事情放在心上。张小海拨通了易涛的电话，那边却一直没人接。

"王姨，把账本拿来，我看看最近的收支情况。"张小海说。

王丽萍带他来到前台，把账本拿出来打开。上面和前几天几乎没什么两样，只不过多了一些信息，有的地方涂涂改改，看不清楚写的是什么。

张小海又让王丽萍拿出收据和发票底联，和她一一核对。结果发现，居然有三万块钱收入不知去向。

"哦……想起来了，钱应该在易涛身上。"王丽萍肯定地说，"我这里是没有问题的。"

张小海只觉得头痛。最开始在装修的时候，这些账就搞得不清不楚，后来张小海还找父母借了两万块钱给机构。现在这些钱不知何时能够还上，而易涛居然还是把账弄得漏洞百出。

这时候电话响了，是易涛打来的。

张小海急忙问道："你现在在哪儿呢？"

"我在成都。"

"你去成都干什么？"

"这边有几个家长，特别信任我，非让我给他们的小孩补课，实在是推不掉。我明天就回去了。"

一时间，张小海竟然不知道该说什么才好。他停顿了片刻，挂断了电话。

想起两个月前，易涛对这个项目极力地鼓吹，对他的承诺也是信誓旦旦，转眼间就这样……张小海的心里很不是滋味。没办法，现在只能走一步看一步了。

第二天下午，张小海接到易涛的电话，说约他出来聊聊，地点还是上次那家茶餐厅。

"你啥意思？"两人刚落座，不等张小海说话，易涛劈头盖脸就问，"这几天趁我不在，整这么一出。"说着就把王丽萍的账本扔了过来。

张小海这才明白易涛为什么发火。他皱着眉解释说："昨天我只是想核对一下，没别的意思。"

"每个月的收支情况，不是都告诉你了吗？"易涛愤愤地说，"你就这样不信任我们？那三万块钱我带在身上，是要给老师发工资的！"

"不是不信任，我只是担心咱们机构的发展。这段时间收入一直不太稳定，我也在想办法。"

"你能想什么办法？你上班轻轻松松的，哪知道我们的辛苦？我们白天晚上要教学，还要招生到处跑。你帮什么忙了？"

"你……"张小海没想到易涛说这样的话，也有些生气，"当初是你让我来投资的，我也没逼你啊。"

"更何况，你哪个承诺兑现了？"张小海继续说，"'办学许可证'我可是拿到了，你呢？就只是向学校请了个病假，然后成都北门两头跑？"

易涛哼了一声，十分不屑："我正想和你说这事呢。我爸妈不同意我出来做生意，让我回去当老师。"

"大家讲道理嘛……"张小海寻思着，易涛是不是在说气话。他耐着性子说，"我也是股东，难道不能查账吗？"

"查啊，随便怎么查。反正我要走了。"易涛还是拧巴着说。

张小海叹了一口气，说道："你到底想干什么？"

"真的不和你开玩笑。"易涛仍然一意孤行。他想了想说，"这样吧，我这个月的工资不要了。只要拿回我投资的十万就行。"

看到易涛心意已决，张小海十分头大。他思考片刻，只好说道："好吧，我想想办法。"

"那你和陈兰怎么办？"离开茶餐厅的时候，张小海问道。

"哦……你说她啊，"易涛悻悻地说，"前几天分手了。"

过了两天，杜若知道了这件事，同意接手易涛的股份。自此，易涛正式退出"铭优教育"辅导机构。

尽管张小海和杜若做出了一番努力，但仍没有挽回这次创业失败的命运。

张小海和杜若漫步在北门师范大学的林荫路上。

"既然都已经结束，就不要再想那些事情了。看看周围的风景，多美！"杜若安慰他道。

一阵微风吹过来，张小海胸中的憋闷感顿时消散了一半。

"我早该想到，易涛是靠不住的。"张小海深深地吸了一口气，又吐出来，"他向来都是这样。虎头蛇尾，三分钟热情，什么都坚持不下去……"

杜若一边走，一边静静地听着他讲。

"还记得那年我们上初二。有一次学校组织春游活动，就在邻市的'西溪'公园，离这儿有五十多公里。"张小海回忆起以前的经历。

　　"老师让我们第二天早上八点半，准时在学校门口集合，到时候一起坐大巴去。我和易涛，还有另一个同学，我们三个人八点二十五分到了学校门口。大巴车居然开走了。

　　"我们十分生气，怎么说好的时间，车就提前走了呢？然后我们就决定去追。骑自行车！

　　"我们一路向西。那条路虽然是国道，但很不好走，弯弯曲曲，上坡下坎。我们骑着自行车，累得满头是汗……"张小海停顿了一下。

　　"然后呢？"杜若觉得十分有趣。

　　"骑了三十公里的时候，易涛说坚持不下去了，要往回走。我们劝他，他听不进去。掉了个头，他自己就走了。"张小海说着，摇了摇头。

　　"结果……"

　　"怎么啦？"杜若好奇地问。

　　"我们两人继续追，直到下午两点，骑了五个小时，终于和大部队会合了。"张小海自豪地说，"我们还在公园里玩了两个小时。回来的时候，我们就把自行车放在了大巴上。"

　　说到这里，张小海笑着摇摇头："你猜猜看，易涛最后什么结局？"

　　"什么结局？"

　　"最后我们算了一笔账，易涛骑了三十公里又返回，实际上骑了六十公里。而最后什么都没得到。"

　　听完这个故事，杜若"扑哧"地笑了起来。

　　"不过，其实最该反思的人是我。"张小海皱着眉说，"我知道他的这些缺点，却有意无意地忽视了。"

　　"是啊，你被利益蒙蔽了双眼。"杜若说道，"从一开始考察这个项目，你就没有考虑合伙人的因素。"

　　"这种人，以后做生意千万不能合作。太不靠谱了。"张小海总结道。

　　他们在一张长椅上坐了下来。

　　"杜若，杜若……"张小海喃喃自语着。

　　杜若觉得有些奇怪，问道："你念叨我的名字干吗？"

张小海笑笑说："如果我没记错的话，杜若应该是一种草药的名字吧？"

"这是我大伯给我取的名字。"杜若想了想，说道，"我父母都在做生意，他们希望我长大后能知书达理。《楚辞·九歌》里有一句：采芳洲兮杜若，将以遗兮下女。"

张小海仔细品味着这词，说道："杜若，这个名字很美呀……"

"你刚才不是说，是中草药吗？"杜若佯装生气。

张小海点点头说道："对呀，这也是草药的名字。"

杜若没有再说下去。抬头看看天色也不早了，她提议道："差不多该吃饭啦，今天我带你尝尝我们学校的名吃。"

"学校的'名吃'！还有这个说法？"张小海十分好奇，两人一同向学校食堂走去……

从前期的准备工作，到"铭优教育"转让他人，前后差不多持续了五个多月的时间。其间，张小海经历了创业、挣扎，再到失败的过程。

有人说，失败是为了更好的成功。

张小海似乎也这么认为。还记得英国小说家哈代曾经说过：成功要靠三件事才能赢得，努力、努力、再努力。

经历第一次创业之后，他感觉创业不是那么简单的。考察项目时盲目乐观，合伙人选择不当，内部管理出现漏洞，等等，很多问题都会随着时间一点点暴露出来。

前方还有什么在等着他，张小海不得而知。但他唯一确定的是，要在这波涛汹涌的创业大潮中，稳稳地站住脚跟，还有很长的路要走。

第二章

荆州烤鱼

张小海入股"荆州烤鱼店"，网上认识创业老兵

2012年12月，转让了"铭优教育"，张小海又回到了工薪阶层"大军"之中。

今后是继续走新的创业之路，还是安分守己，踏踏实实干一份稳定的工作？一时间，他陷入了摇摆不定之中。

一天中午，他刚下班回到家，就听见一个熟悉的声音。

"小海回来啦？"

"表哥，什么风把你吹来了？"张小海打着招呼。

只见吴东方坐在沙发上，穿着一身质感很好的皮衣，显得十分精神。

"没什么事，我来看看小姨和小姨夫。"吴东方爽朗一笑。

张妈妈擦了擦手，从厨房里出来，笑容满面地说："东方啊，中午就在这儿吃饭吧，你难得来一次，和小海多聊聊。"

"小姨，我来帮您打下手吧。"吴东方说着，和张妈妈一起在厨房里忙活起来。

不一会儿，饭做好了。张家三人和吴东方围坐桌前。彼此聊了些家长里短，吴东方对张小海说："小海，听说你那个教育培训机构转让出去了。什么情况呀？"

张小海摇摇头，说道："不好做……"

"小孩子嘛，没啥经验。来，喝酒，喝酒。"张爸爸和吴东方碰了一下杯，"东方啊，生意场上，你经验丰富，以后多指点一下你弟弟。"

张小海想了想说："最开始，我和我的一个老同学一起干。我觉得他是老师，有这方面的经验，也就投了些钱，让他全权负责。后来他中途撤了资。没办法，我只能另外找人接手做。

"对了，就是那天，我们在烤鱼店吃饭的时候，你遇到的那个女生。之前我俩都没什么经验，后来运作也比较困难，所以只好转让了。"

"哦……哈哈，我当时还以为是你女朋友呢。"吴东方打趣地说，然后神情一转，感叹道，"的确啊，合伙人得慎重选择。"那语气又好像是在告诫自己。

"接下来你有什么打算吗？"

"暂时还没有。走一步看一步吧。"

张妈妈打断张小海："现在的工作多好啊，旱涝保收。你还折腾什么？这不，赔钱了吧？"

"小姨啊……"吴东方夹了一个鱼丸，笑笑说，"小海有做生意的想法，没什么不对。现在的工作是比较稳定，但也很清苦。我那年辞职出来，一大家人也都反对，现在不也做得很好嘛。"

"你呀，从小就是个人精。能吃亏吗？我姐经常夸你呢。"张妈妈说，"小海这孩子，就是太老实，不是那块料！"

张爸爸扶了扶眼镜，说道："孩子嘛，要多鼓励，别老是打击人家。"

"就知道护着你这宝贝儿子。"张妈妈发了一句牢骚，"现有的工作不好好干，整天东想西想，高不成低不就的。"

吴东方略微思索片刻，对大家说："我倒有个想法。如果你们放心的话，不如让小海到我那个烤鱼店入个股吧。"

张小海有些吃惊，一时没明白吴东方的意思。烤鱼店生意那么好，还缺人来投资吗？

张妈妈和张爸爸也是一脸疑惑。

"实话说，我现在成都、北门两头跑，有时候招呼不过来。"吴东方解释道，"小海来当个监事，查查账目。只要大伙干得好，每个月分点红，工作也不会耽误。你们觉得怎么样？"

听到这句话，张妈妈立即喜形于色："那多好啊！你的生意，我们能不放心吗？"

张小海也很高兴。想不到又有好事上门了。以表哥的经历来看，这事应该十分可靠。

"那真是太好了！这杯酒，我敬表哥！"

送走了吴东方，张小海开始认真思考入股烤鱼店这件事。

据吴东方讲，"荆州烤鱼店"总投资额五十万元，他想转让20%的股份给张小海。也就是说，张小海只需要投入十万元就能成为股东。

这点钱倒没什么问题。"铭优教育"辅导机构的转让费，加上这几个月单位的工资积蓄，差不多也够了……

这时，张小海想到了杜若。

之前杜若因为"铭优教育"赔了些钱，张小海心里总是过意不去。思前想后，张小海决定把这个机会告诉杜若，让她一起赚钱。

第二天下午，张小海来到北门师范大学。在学校图书馆的外边，他见到了杜若。

"什么事呀？还麻烦张老板亲自跑一趟。"杜若半开玩笑地说道。

张小海告诉杜若，吴东方邀请他入股"荆州烤鱼店"，并且还说，自己打算分给她一半的股权。

"有这样的好事？"杜若小心翼翼地问，自从上次投资失败，她变得有些谨慎，"我不是说你啊。我是觉得你表哥……"

"放心吧，没问题，我表哥比易涛靠谱多了。"张小海试图打消她的顾虑。

"那你在里面做些什么事呢？"

"表哥让我当监事，偶尔去查查账目。"张小海一脸轻松。但在内心，他是没有多少底气的。他隐约觉得，餐饮管理要复杂得多。

"那个烤鱼店生意倒是不错，我和同学有时候也会去，不过……"杜若还是有些犹豫，她问道，"我能帮什么忙呢？"

"你在学校这边，出门就是烤鱼店。我来不了的时候，你也可以帮忙照看啊。"张小海停顿了一下，继续说道，"上次没让你赚钱，实在不好意思……这次应该没问题的。"

面对张小海的盛情邀请和诚恳的态度，杜若不好再拒绝。

两人经过一番商量，决定以张小海的名义入股"荆州烤鱼店"，总投资十万元，各出五万元，平分每月的股金分红。

这样的结果让张小海的心里好受了一些。这次必须想办法下功夫，把烤鱼店的生意做得红红火火的，不能像上次那样只当个甩手掌柜。

以前在做"铭优教育"的时候，张小海也只会算个流水账。对于餐饮行业，他更是一窍不通。而这次对他来说不仅是一个机会，无疑也是一次挑战。

张小海买了一些有关餐饮管理和财务方面的书回来。翻了几本，他感觉这些书缺乏实际案例，太空泛、太枯燥，也没有机会落地实施。

一天晚上，张小海和平时一样在网上闲逛。他无意中点进一个财经论坛，看到一篇介绍餐饮管理的经验文章。

作者网名叫"千哥"，这篇文章写得通俗易懂，非常具有实用性。张小海看得津津有味。

过了几天，吴东方把张小海叫到"荆州烤鱼店"，说是和原来的股东协商他入股的事情。去之前，吴东方在电话里嘱咐张小海说，不要暴露他们之间的亲戚关系。

"我给合伙人说，你是我的一个朋友。我现在忙不过来，转让一部分股权，让你来照看生意。"电话里，吴东方神神秘秘地说。

"嗯……好。"张小海虽然不太明白表哥为什么要这样做，但还是答应了。

张小海跟着吴东方来到二楼办公室，只见一个人坐在办公桌旁，正在写着什么东西。

听到有人推门进来，那人连忙起身，笑着迎上来。他看上去三十岁出头，长得宽头大脸，微微发胖，一副慈眉善目的模样。

"这就是我提到过的，我的合伙人陈迈勇，烤鱼店的事情都是他来负责。"吴东方向张小海介绍说。

双方寒暄几句，吴东方继续说："陈总在生意上是一把好手。曾经还是北门师范大学的'大学生创业标兵'呢。"

"不值一提，不值一提。"陈迈勇摆摆手笑着说，"当年学校的养猪场没人承包，我也只是运气好，捡了个漏而已。

"对了，听说你也曾做过生意？"陈迈勇话题一转，面带微笑对张小海说，"你真是年轻有为啊。"

"是的。"张小海回答道，脸上有些微微发热。

"那应该对财务比较熟悉吧。"陈迈勇看着张小海，投来狐疑的目光。

张小海见状明白了几分。对方大概是想了解，他有没有当这个监事的能力。

"还行……"张小海低声答道。

接着，陈迈勇介绍了一下店里的基本情况，包括营业流程、人员管理、财务管理，等等。

张小海边听边冒汗。这些运营情况，听上去就很复杂。那些成本、费用、毛利、净利，一堆名词更让他觉得头大。

不过，张小海很快回忆起"千哥"写的那篇文章。他装出一副很懂行的样子，按照那篇文章写的一些要点，和陈迈勇交流了几句。

"小海兄弟，果然经验丰富啊。"陈迈勇赞叹道，"以后账目的事就劳你多费心了。"

说罢，他将桌上的三份股权转让协议拿给他们。张小海看过之后表示没有问题，于是三人开始签字确认。

轮到张小海，只见涉及股东姓名的地方，陈迈勇签的都是"何进"。他感觉有些奇怪，于是开口问道："陈哥，你这签的是？"

陈迈勇淡然一笑，随即解释道："我有两个名字，熟悉我的人都习惯叫我'陈迈勇'，我办手续的时候用的都是'何进'。"

对于这种奇怪的解释，张小海是闻所未闻。不过，考虑到吴东方之前与他合作得很好，张小海没再多想，也不再多问。

回到家后，张小海十分庆幸自己当时的随机应变。不过他非常清楚，凭他现在的水平，是当不好这个监事的。

他想起论坛上的那个"千哥"。这个人写的文章不但条理清晰，有理有据，而且对于别人的创业问题，也愿意给予帮助和指导。

张小海既对千哥心存感激，又希望学到更多的东西。于是他加了千哥留下的QQ号。巧的是，千哥正在线上，很快通过了验证。

两人认识之后，张小海把今天的事情告诉了千哥，并打了一个抱拳的符号。

"哈哈，你居然就这样蒙混过关了。"千哥发来一条消息，戏谑地说。

两人聊得很投机，千哥又告诉了他一些餐饮管理知识。聊着聊着，张小海欣喜地发现，千哥竟然和自己是校友，也是公安大学毕业的。

千哥四十多岁，经历很丰富，做过生意，当过警察，后来辞了公职，在北京创办了一家投资咨询公司。

"很高兴认识你，学弟。"临别的时候，千哥发来一串文字和一个笑脸符号，"以后有什么问题，可以随时在 QQ 上给我留言。"

真是相见恨晚。有这样一位经验丰富的创业老兵指导，以后他的知识和能力将会有更大的提升。想到这里，张小海对自己的创业之路，顿时又充满了信心。

千哥传授餐饮管理经验，张小海对项目深入调研

"小海，你为什么要投资烤鱼店呢？"

"那是我表哥的企业，生意很好。"

"你表哥让投就投吗？你算过账没有？什么时候能收回成本？这个项目能赚多少钱？"

"……"

一天晚上，张小海再次和千哥聊天，被他一连串的问题问得不知所措。

"你不觉得你每次创业都很盲目吗？"

这句话仿佛刺中了张小海的心。是啊，易涛是同学，吴东方是亲戚，每次投资的时候，他只看到了人际关系紧密的一面，但对于项目本身，他是缺乏深入思考的。

"餐饮看似很简单，其实创业难度并不小，沉没成本甚至超过开网店……"

"要有清晰的财务思维，要计算投资回收周期。简单地说，就是你投了多少钱，什么时候能收回成本……"千哥继续点拨他说。

"首先，要计算盈亏平衡点。从开业之日起，做多少营业额能够打平（不亏损），可以按月算，也可以按日算……"

看到一些术语，张小海感觉理解起来已经有些吃力了。他把一些重点记到本子上，决定花些时间结合买的书来学习。

不过，他和杜若首先要回答那个问题：投资十万元到"荆州烤鱼店"，什么时候能收回成本？

按照千哥的说法，解答这个问题的关键，在于考察项目的盈利能力，从而了解项目在什么情况下能持续赚钱。

张小海分别向吴东方和陈迈勇打听了一些情况，包括收入、成本、费用，又和杜若到现场实地考察了一番。

然后他们将数据进行了汇总和计算："荆州烤鱼店"在淡季每天的营业额在八千元左右，旺季在一万五千元左右，毛利率约65%，净利润率约40%。每天的营业额在三千元就不会赔钱，如果能保持在一万元，他和杜若投资的十万元钱，半年以内就能收回成本。

有了实践得来的结论，又获得了理论知识，张小海十分高兴。虽然没有任何餐饮管理的经验，但他的内心却从原先的紧张、畏怯变得有些期待。

周末的一天下午，张小海和杜若来到"荆州烤鱼店"。两人迈步走进店门，径直来到陈迈勇所在的办公室。

陈迈勇看到二人，连忙招呼他们坐下。

"小海，这位是？"第一次见到杜若，陈迈勇向张小海问道。

张小海拍拍脑门，抱歉地说道："忘了介绍，这位是杜若，当初是我们两人共同出资十万元入股了烤鱼店。只不过签三方协议的时候，为了方便，就以我的名义签了下来。"

陈迈勇点点头，说道："这样啊。小海，今天找我有什么事吗？"

张小海说道："也没别的事。这几天我和杜若想了想，看能不能帮点什么忙，为店内的经营出把力。"

"很好啊，难得二位是有心人。"陈迈勇赞赏道。

陈迈勇踱着步，像在思考什么，然后说道："一切倒还顺利。不过现在最大的问题是，学校马上要放寒假了。这些学生一走，烤鱼店的生意又将进入淡季……"

陈迈勇似笑非笑地说道："你们能不能想点办法，多招揽一些顾客来啊？"

杜若思索片刻之后，说道："我们可以多印一些宣传资料，然后安排一些人在城区的街头发放。还可以在电视台、报纸打打广告。这样的话，就会有很多人知道烤鱼店的信息了。"

陈迈勇摆摆手，笑道："这些都是很老套的做法。你们现在在街上，遇到有人发小广告，还会接过来看吗？这里离市区比较远，谁没事会跑来吃饭呢？另外，在媒体上打广告，也是需要花钱的，能赚回来吗？"

　　见陈迈勇否定了杜若的想法，张小海倒也不觉得奇怪。想想经营"铭优教育"的时候，他们也是这样的套路，最后的结果谁都清楚。而像陈迈勇这样的"老司机"，经验应该更加丰富。

　　趁杜若和陈迈勇继续讨论的时候，张小海抱着试试看的态度，在 QQ 上给千哥发了几条消息，问问有没有更好的办法。

　　没想到不到十分钟，千哥就回复了。他问了张小海一些情况，然后出了些主意。

　　"陈哥，我倒有些想法。"张小海打断了陈迈勇和杜若的谈话。

　　"我们店的烤鱼，味道虽然还不错。但相比城区，有距离上的劣势。旺季我们主要靠学生。而在淡季，我们应该多靠一些老顾客、回头客。

　　"我们可以建一个'荆州烤鱼店'QQ 群，把老顾客都拉进群里。淡季的时候，多搞一些促销活动，让他们参与抽奖，给一些优惠，或者交通补贴。总之，让他们随时能看到我们的信息，让他们经常能想到我们。"

　　陈迈勇点点头，示意张小海继续说下去。

　　"咱们烤鱼店虽然离市区比较远，但离火车站比较近。我们可以针对刚下火车的，特别是外地来的顾客做推广工作。

　　"我们可以联合一些出租车司机，把烤鱼店的宣传资料放在车上，让他们帮我们拉客。拉一个客人过来，给一些好处费。"

　　陈迈勇拍了一下大腿，高兴地说道："不单是火车站……凡是跑这条线上的出租车司机，都可以让他们帮我们拉客！"

　　张小海继续说："我父亲在文化局工作，还可以邀请一些知名的文化名人来，畅谈文化，品尝烤鱼。以这种方式做一期电视节目，应该不会收费的。"

　　最后一条，是张小海受到启发，自己想到的。

　　陈迈勇听后非常兴奋："小海兄弟，你真是厉害啊，句句说到点子上了。要是这些能都落实的话，到时候我给你们奖励！"

　　说罢，陈迈勇侧着身子，在手边的橱柜中翻找着什么。

　　片刻之后，陈迈勇拿出一个笔记本递给张小海："这是我最初经营烤鱼店的时候，写的一些工作思路，你们可以做个参考，看店里还有没有什么可以优化改进的地方。"

张小海接过本子，兴奋地说道："好，谢谢陈哥！"

陈迈勇拍拍张小海的肩膀说道："还谢什么，要是能为烤鱼店提高收入，我还得谢谢你们呢！"

张小海和杜若同陈迈勇告别后，紧接着便来到后厨。此时还没到客人用餐的高峰期，七八个员工正在忙碌。

只见墩子工把一条条鱼杀掉除去内脏，然后交给厨师抹料腌制，接着放在几个铁制的烤架上，在炭火上翻动烧烤，鱼烤好后由服务员端给顾客。这一切让人觉得很是新奇，而又井然有序。

张小海问厨师长："咱们遇到客人多的时候，忙得过来吗？"

厨师长知道张小海也是股东之一，他擦了擦手，向他们介绍道："平时倒也够用，不过忙起来，顾客等待烤鱼的时间就会长一些。毕竟用炭火烤嘛，是需要花一些时间的。"

张小海似懂非懂地点点头，顺手拍了些照片。晚上回到家之后，他将在厨房拍到的照片，通过 QQ 发给了千哥。

第二天早上，张小海才收到千哥回复的消息，大概是因为昨晚发给他时已经很晚了。看到这些内容，张小海才知道烤鱼店存在的问题：

"你们还在使用人工炭火烧烤？这种方式对厨师的火候把握要求高，效率却很低。市面上早就有自动烤鱼机了，一次性可以烤制十条鱼以上。

"加工也可以使用自动杀鱼机，这样可以减少墩子工的工作量和数量。

"厨房地面上有一处凹陷，洗菜的时候，很容易造成积水。洗菜池里的残渣和脏的盘子碗碟堆在一起，看起来很杂乱。灶台的台面上油渍积攒过多，影响厨房整洁度。

"看不清楚你们的食材，不便评论。采购是特别重要的环节。一方面要确保食材新鲜、卫生、质优价廉，另一方面要多方比较，找到可以稳定供货的商家。"

"想要做好餐饮，必须对每个环节进行严格把控。从采购、仓储、加工、服务、处理五个环节，每个环节造成 1% 的浪费，毛利率就要下降 5%。"

…………

"总之，标准化、流程化、可持续化是运营的关键。"

看到这些留言，张小海这才真正明白什么是内行看门道。于是他决定按照千哥的经验，从采购开始，逐步去找每个环节存在的问题，提出优化的方法。

花了几天时间，张小海和杜若跑遍了北门市的各个摊位，逐渐将当下各类食材、辅料的价格明细整理了出来，对照目前烤鱼店内的实际情况做了一个统计对比，果然发现了一些差异较大的地方。

看着手里的这些成果，张小海很是高兴："要是照着这些数据来调整经营，我们的盈利能力一定会提升的。"

这段时间他学到不少东西，连"盈利能力"这样的术语也说得顺溜了。

杜若笑笑说："还早着呢。烤鱼店的服务水平和质量，也是需要调研和改进的。"

张小海点了点头，说道："好，我们到店里看看去。"

二人专门挑了一个客人用餐的高峰时段进入店内。店内人声鼎沸，客人往来不绝。

张小海和杜若在一旁静静地观察着。大堂内时不时会传来客人催菜的声音。

"你看那个年纪比较小的服务员，"杜若侧过头对张小海说，"简直笨死了！就面前这么几张桌子，都招呼不过来。不是送错菜了，就是忘了顾客点的酒水。"

张小海瘪瘪嘴。以前自己是顾客的时候，还不是太在意这些细节。今天观察了一番，还真是发现了不少的问题。

他拿出身上带的小本，也记录了一些：

"整体上来说，缺乏培训。服务不规范，态度不热情。有的忙死，有的很闲。

"有的缺乏主动推荐意识，顾客询问半天，自家有哪些主打菜品都不清楚。有的面对顾客的要求，响应速度很慢。

"有的人不拘小节，动作大大咧咧。倒茶水的时候，稍不注意就把顾客的手机、衣服打湿弄脏。"

…………

过了几天，张小海将调研结果整理成文字材料，汇报给陈迈勇。从店内各环节优化到宣传活动推广，都在里面提出了相应的措施。

陈迈勇坐在办公室里，拿着这叠材料翻了几下。他微微皱起眉，挠了挠头，随后笑着对张小海说："看来，这段时间的成果很丰硕呀！"

张小海也很开心："为了咱们的店，这都是应该的。"

"小海，这些内容总结得很不错。分析得十分到位，很好！"陈迈勇继续说，"这份资料先放在我这里。我抽空再研究一下，把这些整改措施落实到位。"说着，他将材料随手搁在桌子一旁。

"好，有什么需要我帮忙的，陈哥尽管吩咐。"张小海高兴地说。

陈迈勇暴露管理漏洞，两大股东之间矛盾凸显

张小海把材料递交给陈迈勇的一个月来，店里的经营状况确实改进不少。

首先，烤鱼店购置了一台自动烤鱼机和一台自动杀鱼机。按照陈迈勇的说法，先试试效果，如果不错的话，再逐步淘汰老式烤鱼技术。

接下来，陈迈勇请了一个退伍军人作大堂经理，对店里的服务员进行了一些简单的规范化培训。

时间进入 2013 年 3 月。刚过完春节不久，北门师范大学的学生也陆续结束假期回来。"荆州烤鱼店"的生意又进入旺季。

更让大家欣喜的是，当月店里的营业额同比上涨了 30%。吴东方在成都听到消息，才知道张小海建起了"荆州烤鱼店"QQ 群，并且搞了几次促销活动。

陈迈勇看着客人日渐增多，也是十分欢喜。一天，趁着吴东方回店内检查的工夫，陈迈勇拉着吴东方，和张小海、杜若搞了一场"庆功宴"。

说是"庆功宴"，其实就是新老股东坐在一起，吃几条烤鱼，喝几杯啤酒。

"陈总，我给你介绍的这两个朋友怎么样？靠谱吧。"几杯酒下肚，吴东方喜笑颜开地说，"一加入我们烤鱼店，营业额马上就提升了！"

张小海听到吴东方这股吹捧，脸上不禁微微发热。杜若则在旁边暗自发笑。

陈迈勇打着哈哈，一边向张小海和杜若敬酒，一边说道："吴哥，你不在的时候，我可是也费了不少劲儿啊。你看我为了大家的生意，苦没少吃，觉不敢多睡，随时都在想办法。"

"当然，小海和杜若，也很不错。确实是好帮手！"说完，他把酒一饮而尽。

张小海也端起杯，说道：“向陈哥学习。以后还得靠你带着我们发财，像马云那样……”

“马云不算什么，”陈迈勇打断他的话，“我前些年参加过马云组织的演讲活动。也就那样，尽讲些高大上的东西，没啥用。”

陈迈勇自己又喝了一杯酒，悠悠地说：“做餐饮其实很简单。能做到‘可以吃，不难吃’就行了。其他的，多靠朋友带，多靠大家吹！”

吴东方笑着端起杯：“陈总的经营能力，我们是有目共睹的……”他顿了一下，挤了挤眼睛说道，“如果以后能把账算得再仔细一点，那就更好了。”

张小海一时没听出吴东方的弦外之音。

他还在思考陈迈勇刚才说的那些话，这和千哥教他的有很大不同。如果做任何事，只是做到六十分，那竞争力何在呢？

不过，这才两个月，他和杜若每人就拿到了三万元的分红，说明陈迈勇也是有一定本事的。

“吴哥，你这样说就没意思了。”陈迈勇沉下了脸，“我如果不尽心尽力，哪有今天？你原先那个咖啡馆，情况又不是没人知道……”

吴东方呵呵一笑，继续说：“有则改之，无则加勉嘛。要说现在烤鱼店没啥大问题，我倒也不认同。刚才我到厨房转了一圈，明显有些食材品质不太好，有些鱼不新鲜，有的菜还有腐烂和虫蛀。这些烤鱼……”吴东方用筷子拨弄了一下，“我那天听一个朋友说，感觉分量不如以前啊。”

陈迈勇有些尴尬，他连忙拉着张小海说：“兄弟，你可以做证，我哪件事不是做得规规矩矩的？”

张小海这才回过神来。他挠了挠头，不知该如何接话。

这时，杜若在旁边插了一句：“陈哥，上次我们写的那个调研情况，关于食材部分，有些是不太好。而且有的价格，明显偏贵。”

“你……”陈迈勇看看杜若，又看看张小海和吴东方，“你们……”他那微醉的脸涨得通红。

啪嗒，陈迈勇放下筷子，挥袖而去。

就这样，一场原本开开心心的“庆功宴”，众人落得不欢而散。

吴东方和杜若走后，张小海单独找陈迈勇聊了聊，没想到陈迈勇倒了一肚子苦水。

据陈迈勇说，他大学毕业以后，在一些地方也做过餐饮项目。由于没有多少资金，他只能求人合作，作为小股东，还要负责"操盘"，干得十分辛苦。

虽然这些项目也不错，但那些大股东非常精于算计，他实际上也没赚多少钱。后来陈迈勇遇到了吴东方，当时吴东方正打算把咖啡馆改成烤鱼店，他前去谈了谈，希望合作，二人一拍即合。

"你可不知道啊，小海兄弟，"陈迈勇垂头丧气地说，"没想到吴东方，比其他人更加奸诈。

"当初我还以为咖啡馆的房租贵，是因为位置好。结果没想到吴东方是二房东，在其中加了价。现在计算成本的时候，必须先考虑给吴东方的租金，而这个租金比原房东要高得多。

"你说，这不是在给我下套嘛……"

张小海听得云里雾里，陈迈勇和吴东方之间到底有什么矛盾，吴东方的操作是否合理，他一时也分辨不清楚。

通过这件事，张小海渐渐意识到，吴东方让他入股，并不是那么简单的事情。明摆着，这两个人都不太信任对方。

而自己应该扮演什么角色，他也有些疑惑。不过有一点他是清楚的，既然投了钱进来，就该对自己负责。

过了几天，趁陈迈勇不在的时候，张小海单独去了一趟烤鱼店。他围着厨房转了一圈，发现吴东方上次提到的情况的确存在。

有些食材的质量，比想象中还要糟糕。而烤鱼缺斤短两的问题，厨师们似乎已经习以为常，其中一个还向张小海介绍了作弊技巧。

就食材的问题，张小海询问了厨师长。厨师长嘴角勾起一丝笑容，对张小海说道："进货方面的事情不归我管，都是陈总安排的。"

"这些东西，顾客吃了不出问题吗？"张小海问道。

"没那么严重。"厨师长轻描淡写地说，"把味道搞重一点，一般人是发现不了的。有些只是表面上不太好，去掉还是可以用的。"

"那为什么不买更好的食材呢？"

"成本会很高的。而且以我的经验，并不是每次都可以拿到好货。货源也有不稳定的时候。"

张小海点点头，没有再说别的。

来到柜台，张小海打算了解一下近期的收支情况。

原先收银的是陈迈勇的一个侄子，张小海碍于情面，也就没向这人多问。前段时间那个小伙子回老家结婚去了，陈迈勇临时安排了一个女服务员接替工作。

张小海向她核对了一下流水和现金，发现有的地方明显存在问题。

收银员告诉他，陈迈勇有时会直接从收银箱拿钱，有时甚至连账也不记，就将店内的钱花了出去。

对于这些事，张小海暗自记在心里。他暂时不打算向陈迈勇过问，也不想向吴东方声张。在他看来，目前最明智的做法，就是不要把这些问题挑明，不要让双方矛盾越来越深。

星期五的晚上，正是店里生意好的时候。这一天，张小海和杜若来店里帮忙。

二人刚一进店门，就听到二楼一阵吵嚷，似乎有人正在楼上吵架。

"我姐在你们店里摔坏了腿，凭什么不赔？这难道不算是工伤吗？都两三天了，你们竟然连个动静都没有！"一位四十多岁的妇女正冲着陈迈勇发火。

"别在这儿吵了，要么进屋好好谈谈，你在这里喊有什么用！"陈迈勇脸青面黑地说。楼下生意正旺，他一时也不好发作。

张小海和杜若急忙向旁边的服务员询问发生了什么事情。

服务员说道："李姐前几天打扫卫生的时候摔了一跤，我们把她送到医院，才发现小腿骨折了。今天下午，李姐的家属找上门来，要求店里赔偿。"

李姐的家属依旧吵个不停。张小海和杜若好说歹说才将这人劝住，几个人在办公室里协商解决办法。

"你就说，我姐姐是不是在工作的时候，在你们店里受的伤？"李姐的家属质问道。

陈迈勇点点头说道："是。"

"既然是在店里工作时候受的伤，那就是工伤，是工伤你们就得赔偿！"李姐家属斩钉截铁地说。

"我们答应赔偿,但你说的全额赔偿,那是绝对不可能的!"陈迈勇不甘示弱。

一言不合,双方又开始争吵起来。

张小海和杜若当起了"和事佬",试图从中协调并寻找解决办法。

又交涉了差不多一个多小时,双方终于达成了一个协定:"荆州烤鱼店"担负李姐医疗费的30%,并且双倍发放本月的工资,以后店内不再聘用李姐做服务员。

李姐的家属走后,天色已晚。张小海在送杜若回家的路上,又谈论起这件事来。

"为什么咱们店里不给员工上'五险一金'呢?"杜若问道。

张小海愣了一下。这事他以前也不太清楚,要不是李姐家属这一闹,他可能一直会蒙在鼓里。

"我们上次在调研材料里提到的一些问题,陈迈勇只在表面上做了改进。像食材采购、财务管理这些重要的问题,他好像不是太重视啊。"杜若担心地说。

"现在又涉及员工权益。店里有很多岁数大的员工,工作的时候难免会有磕碰,要是再出了什么事,我们不是也要承担责任吗?"

张小海解释说:"这些问题,我也有些担心。但我也没更多的办法。咱们虽然也是股东,可是实际上都是陈迈勇一个人在操盘。"

"你不是监事嘛。应该发挥相应的作用啊。"杜若满脸的不高兴。

张小海叹了一口气,说道:"还是和气生财吧。只要每个月能够拿到分红就行了。吴东方和陈迈勇闹翻了,对谁都没有好处……"

见张小海这么说,杜若也只好妥协了。

没过几天,张小海接到了一个电话,是吴东方打来的。

"最近店里怎么样,还好吗?"

张小海把店里赔偿李姐的事告诉了吴东方。

"这倒是小事。'五险一金',现在没几个企业能做到规范,能省就省吧。对了,账目怎么样,有没有发现什么问题?"吴东方继续问。

张小海沉默了一下,寻思该怎么回答。身为监事,财务上有什么问题也是他的责任。但他又不希望吴东方知道一些事之后,和陈迈勇闹得太僵。

"没事，你如实告诉我吧。"吴东方语气平和地说。

"没什么大的问题，只不过有些地方对不上。还有就是一些原料的进价不太稳定，总是忽高忽低。我也问过陈迈勇，他说这种事正常，进货渠道不一样。"

"你在店里要多帮着做些事，该细查的要查。发现陈迈勇做得不对的地方，要让他改过来。"

略微停顿片刻，吴东方补充道："要是他不听劝的话，你就给我说，我想办法收拾他。"

张小海心里有些不是滋味。吴东方今天的态度，明显是对陈迈勇不满意、不信任的。

回想起当初吴东方邀请他入股，他还天真地以为可以帮助店里提升业绩，现在看来，吴东方不过是想让他监管陈迈勇的行为。

可是，怎么才能现实有效的监督呢？

带着这样的疑惑，张小海晚上再次在网上向千哥求教。

千哥了解一些实情之后告诉他，按目前"荆州烤鱼店"的现状，所谓的"监督"不过是形同虚设。

"陈迈勇一手管钱，一手管账。所有的进出项，现金收支都是他一个人把控，你只能核一下流水账，起不到任何实际的监督作用。"

"最起码的，会计和出纳应该分开，库管要有专人负责。而且相关财会人员应该由全体股东或管理层负责，而不是只受一个人的操控。"

张小海这才明白过来。看来，如果不从根本上解决问题，吴东方提的要求，自己实在是难以达到。

张小海认识胡亦图，初次接触3D（三维）打印技术

四月初的北门市，一连很多天都是阴雨绵绵。

越是阴冷，人们似乎越愿意到外边吃饭。街边的火锅、汤锅、炒菜、烧烤，凡是能停车的地方，都挤满了人。四川人乐观的天性，在吃喝方面展露无遗。

"荆州烤鱼店"的大堂人声嘈杂，顾客满座，一派热闹景象。人们吃菜、喝酒、猜拳，空气里飘荡着烤鱼的香味。

今天店里刚发了股金分红，张小海和杜若事先订了一桌，两人正一边吃鱼，一边快乐地聊天。

吴东方最近没怎么过问烤鱼店的事，陈迈勇倒也干得很愉快。加上张小海和杜若的一些营销策略，烤鱼店这个月的效益又提升了不少。

"要是每个月都能像这样，分到两万，倒也不错啊。"张小海乐滋滋地说。

"你呀，想得太美。"杜若提醒他说，"你表哥和陈迈勇的矛盾一天不化解，他们随时都可能会翻脸。不知道这合作能到什么时候。"

"那你说怎么办？咱们现在是小股东，夹在中间，左也不是，右也不是。"张小海说。

"我们是寄人篱下啊，这不是我们自己的事业……"杜若叹了一口气，"我马上也快毕业了。我是去找工作，还是自己做点什么事呢？"

"要不，我们继续做教育培训吧。"张小海笑着说道，"我给你投资！"

杜若正想说话，突然听到有人在叫她的名字。她侧头一看，不远处有张餐桌，一个男生正在向她打招呼。

"胡亦图？"杜若眼睛一亮，兴奋地站起来。

这个叫胡亦图的人戴着眼镜，一副斯斯文文的样子。他笑着走过来，向杜若和张小海敬酒。

"咱们一年多没见面了吧？"杜若说。

"是啊。我听说杜美女远嫁国外了，想不到还能在这儿碰上。"胡亦图打趣说。

"什么啊……我不是一直在读研嘛。还指望你们这些老同学帮忙找个好工作呢。"

胡亦图在杜若身边坐下，摇摇头说："有啥好工作啊？你念完研究生，比我们强多了。"

杜若向胡亦图介绍了张小海，又和他叙旧。

张小海在一旁了解到，胡亦图是杜若的大学同学。胡亦图不但英语很好，而且计算机也很厉害，还给学校做过网站。

大学毕业后，胡亦图在一家保险公司当业务员，整天到处跑，收入不高，事情还不少。

"我现在都想辞职不干了。"胡亦图幽幽地说。

"要是不卖保险的话，你打算做什么呀？"杜若问道。

"我想自己创业，但还没想清楚，我看餐饮就很好嘛……"胡亦图倒了一杯啤酒，抬头看了一下四周。

"这家烤鱼店做得不错。上次我刚下火车，出租车司机就向我推荐，然后就把我拉过来了。"

杜若扑哧一笑，指着张小海说："这还不是他的主意。"

胡亦图一愣，然后很快明白过来，他对张小海说："张总，原来这是你的生意啊？"

张小海笑笑说道："不敢不敢。我和杜若在里面有点小股份。"

"厉害厉害。"胡亦图再次向他们敬酒，"我带朋友过来吃过好几次饭，都不知道呢。"

杜若把烤鱼店的情况简单介绍了一下。胡亦图得知他们每个月都有些分红，眼神既羡慕，又充满了失落。

"传统行业，收入也不太稳定。"想到陈迈勇与吴东方的关系，张小海摇了摇头，"很多时候，不是我们能把控的……"

张小海说这话是在安慰胡亦图，但更多的是在告诫自己。

"最近我有个想法。你们帮忙参考一下。"胡亦图扶了一下眼镜，说道，"前阵子，我在网上看到一种叫 3D 打印的技术。我不知道你们有没有了解过。"胡亦图在桌上随手拿起一个铁碗，"以前做这么一个东西，工序非常复杂。现在有了 3D 打印技术，马上就可以打印出来！"

"打印出来？"杜若惊讶地问道。

"你是说，把产品打印在纸上吗？"张小海也疑惑不解。

"不是不是。"胡亦图向他们费劲地比画着，"打印只是一个比喻。只要有三维数字模型，就能立即通过一台机器完整地制造出来。

"我们平时用的打印机，就是通过喷墨的方式将文字印刷出来。而这种 3D 打印机，喷的不是墨水，而是材料。一层一层地喷出来堆砌之后，就成了立体的东西。"

见杜若和张小海还是有些不明白，胡亦图继续举例说："你们去年看过成龙演的电影《十二生肖》没有？里面的就用了 3D 打印机，把'鼠首'文物复制出来了。"

"我看过。好神奇啊！"杜若终于明白了。

张小海皱着眉想了想，有所触动地说："我曾经看过一部科幻电影，《第五元素》。好像里面的外星人，剩下了一个残片，然后就用一部机器还原出来了……"

"对对，那也是。那是一种生物 3D 打印机。"胡亦图兴奋地说道。

"真是神奇。"杜若的眼睛闪亮起来，"想不到现在的科技这么厉害了！"

胡亦图眉飞色舞地说道："可不是嘛。现在这种技术的应用才刚刚起步，如果我们能及早介入的话，一定有机会赶上巨大的红利期。

"你们想想看，从互联网兴起到现在，中国产生了多少伟大的公司？百度、阿里巴巴、腾讯……才十多年时间，轻松坐拥几百亿美元！"

张小海和杜若的情绪也受到了感染，脸上流露出惊讶和兴奋的神情。

"据说 3D 打印可以颠覆人类的生产制造方式，其重要性不亚于互联网！如果我们能抓住这次机遇，或许将来就是第二个马云、马化腾！"

胡亦图最后这句话相当有杀伤力。张小海一脸的震惊，坐在那里半天说不出话来。

这种富有想象力的前景，张小海曾经在一些名人传记里看到过，就像 Windows 操作系统之于微软，苹果手机之于乔布斯，互联网之于阿里巴巴……

想不到今天，能接触这么前沿的科技，而且这种机会对于普通人来说，简直就是十年，不，不，几十年难遇。想到这里，张小海顿时觉得烤鱼店的生意索然无味。

"那我们……应该怎么去做呢？"张小海关切地问道。

胡亦图想了想说："我现在也有一些困惑。3D 打印是一种先进制造技术。可在北门这种鸟不拉屎的地方，不要说制造业了，连成片的厂房都找不着。

"我有一个朋友在西南石油大学。上次我到他那里去玩，摆弄了一下他们学校的塑料 3D 打印机。但感觉操作很复杂……

"我现在也没想好怎么利用这种技术赚钱。只是感觉未来一定会火。"

张小海深思片刻，说道："从大的趋势来看，你的判断应该是对的。不过，我们应该找一个切入点进去。

"我记得互联网才兴起的时候，连开网吧都会赚钱。如果我们提前布局，以后一定会有收获。"

胡亦图点点头："看来今天碰到你们真是有缘。我给身边的同事和朋友说这事，结果没一个人感兴趣。"

"爱吃鱼的人，都很聪明嘛。"杜若笑着说。

张小海也会心一笑，说道："这样吧。这个事情倒也不急，我们可以分别调研一下。如果时机成熟，我们可以考虑一起做这个事情。"

一回到家，张小海就迫不及待地打电脑，开始搜索关于"3D 打印"的报道和技术信息。

"3D 打印，是在计算机上设计好三维模型，然后 3D 打印机将材料逐层叠加，最终生成产品……"

"与传统制造方式相比，3D 打印具有按需制造、减少废弃副产品、材料多种组合、精确实体复制、便携制造等多种优势……"

"2012 年，英国《经济学人》刊文认为，3D 打印技术是第三次工业革命最具标志性的生产工具，该技术与其他数字化生产模式结合，将会推动第三次工业革命的实现……"

看着一篇篇介绍 3D 打印的文章和图片，张小海心中更加躁动，一股难以按捺的创业之火熊熊燃烧起来。

现在看来，3D 打印正处于爆发的前夜，如果能把握住这种难得的大趋势，一定有机会开创出比谷歌、阿里巴巴、腾讯等更伟大的企业……

这时，张小海的手机响起，吴东方的来电打断了他充满激情的想象。

"小海……这个月陈迈勇的账，你去查过没有？"电话那边，吴东方好像喝了点酒，声音里透露着一些不满。

"查过的呀，有什么问题吗？"

"我感觉不对。店里生意那么好，怎么可能才分这点钱？"

张小海不知该如何作答是好。

自从上次千哥点拨他之后，他明白了目前的监管状况。他一直想找个机会，和吴东方商量一下解决办法。可吴东方一直没回来过，直到现在觉得钱少才来问他。

"你动动脑子啊……"吴东方打了一个嗝，语气更加不爽，"陈迈勇这种小人，背地里吃了多少钱，你能不想办法查吗？"

"表哥，我……"

"八块钱进价的活鱼，卖二十三元一斤，赚了近三倍。他明摆着在坑我们！"

张小海一听这话，急得差点汗水都出来了。

他赶紧打开电脑上的计算器，算了一下毛利率：（23-8）/23=65.21%。没什么大变化啊。吴东方说赚了近三倍，这从何说起？

"表哥，不应该这样算吧，这里面还没除掉房租水电，人工工资……"

"我……不管。"手机继续传来吴东方微醉的声音，"我请你来，你就得帮我说话……"说完他挂断电话。

吴东方的举动搞得张小海十分郁闷。他又核对了一下这个月的财务报表，确实没发现什么大的问题。

如果按照吴东方的说法去找陈迈勇理论，他多半会被骂得狗血淋头。吴东方做了这么多年的生意，居然说出这么不专业的话，这不是无知，就是别有用心……

越想，张小海越觉得目前的处境尴尬。这每个月的分红看似好拿，可说不定哪天两大股东的矛盾就会爆发。

不管是年龄层次，还是观念意识，张小海都越来越觉得和吴东方，乃至和陈迈勇有较大的差异。

今晚遇到了年龄相仿的胡亦图，这让他发现两人在认知层面的一致性：想干事，想干大事！

未来的 3D 打印，会不会是一个很好的创业契机呢？

两大股东达成承包协议，陈迈勇借机拉拢张小海

这天是星期六，张小海寻思着上午没什么事，就来到烤鱼店看看。

刚走到二楼，他就听见办公室里有人吵起来了。

"这个账肯定有问题！平白无故，净利从 40% 下降到 38%，这些钱跑哪儿去啦？还不都是被你给吃了。"

房间里传来了吴东方的声音。

张小海走进办公室，只见陈迈勇气得直拍桌子。

"你居然怀疑我？你怎么不说说你自己？"陈迈勇指着吴东方鼻子说，"店里大大小小的事情，哪件你管过？还不都是我辛辛苦苦搞起来的！"

"这是两回事。经营好店铺，是你的职责。但你还要捞好处，这就是你的不对！"吴东方反驳道。

"谁捞好处啦？你有什么证据？房租的事情，我一直没和你计较。要价那么高，怎么不说你自己多搞油水？"

"我把房子租出去，价格当然是我来定。这有什么不对？"

张小海在旁边听得清清楚楚。他们争吵的问题，早在"荆州烤鱼店"创立初期就已经有了，只是随着其他问题不断发酵，两人之间的矛盾才终于爆发出来。

"小海，你来得正好。你评评理，"陈迈勇拉着张小海，气急败坏地说，"他是二房东，给我们的价格比原价高了三分之二。好意思吗？讲诚信吗？"

吴东方怒极反笑，摇了摇头说道："陈迈勇啊陈迈勇，你不看看你自己，还和我谈诚信？当初开烤鱼店的时候，我们说好的，你投二十万，可为什么一开始只打了十万？"

陈迈勇一愣，而后更加愤怒起来："你那个破咖啡馆根本不值钱，我同意你把固定资产折算成三十万入股，已经很够意思了！你说的那十万，后来我不是也补上吗？"

"哼，你还好意思说！"吴东方冷笑一声，"别以为我不知道你那点小九九。你拿后面赚的钱，去填前面投资款的坑。这个算盘打得响。"

陈迈勇一时间气得还不上嘴，只好说："我费了这么大劲把烤鱼店做起来，你有什么资格来说我？你为这个店做过什么？"

"我忍你很久了，陈迈勇！"吴东方一副得理不饶人的样子，"你拿分红来填坑，我倒也无所谓。但你每天吃了多少钱，你自己心里最清楚！"

张小海听到这一切，大致明白了二人矛盾的根源。

"你爱怎么想就怎么想吧！"没等张小海劝住双方，陈迈勇就大步离开了。

吴东方等到火气渐渐下去，才缓缓说道："千万别跟这种人一起做生意，嘴里简直是没有一句实话！"

张小海叹了口气。烤鱼店的这两位大股东，脸算是撕破了，今后这……

很快，杜若也知道了这件事。她安慰张小海说，也许没那么悲观，说不定两人会找机会言和的。

然而之后好几天，陈迈勇一直没到店里来。吴东方和张小海给他打电话，他也不接。没办法，吴东方只好亲自处理烤鱼店的事务。

在北门待的时间长了，吴东方在成都的生意有些顾不过来。弄成现在这个样子，吴东方十分着急。

张小海也是一筹莫展，他虽然了解一些经营方式，但一直也没有真正实际操作过。何况除了周末，他白天还要上班，只有晚上才有时间来当个帮手。

一天下午，吴东方把张小海和杜若叫到烤鱼店二楼，告诉他们有事商量。

"这个陈迈勇，还真就销声匿迹了！"这几天，吴东方一提起陈迈勇就来气。

张小海皱着眉头说道："店里少了他，还是忙不过来呢。"

"吴哥，有什么需要帮忙的？"杜若说道。她也没想到两位大股东，如今会弄成这个样子。

沉默了一会儿，吴东方终于开口说道："我想了想，咱们不如这样办。"

张小海和杜若静静地听着。

"烤鱼店离不开陈迈勇，我们也顾不过来。既然我们管不了他，索性也就不管了。咱们直接让他把烤鱼店承包下来，每个月固定分给我们十二万。你们觉得怎么样？"

这个方法似乎很合理。现在大家都已经奈何不了陈迈勇，与其这样，不如各行其道，各自安生。

"这样也行……"张小海说道，然后看了看杜若，"你觉得怎么样？"

"这也许是最好的办法。我现在马上也要进行论文答辩，没多少时间照顾这边。"杜若想了想说。

"好，待会给陈迈勇打个电话，把他叫过来。"吴东方下定了决心。

张小海和吴东方轮流打电话，又发短信，等了差不多两个小时，陈迈勇才出现在"荆州烤鱼店"。

进了办公室，陈迈勇看到一帮人坐在沙发上，也顺势坐了下来。

"有什么事就赶紧说吧。"陈迈勇不和其他人的目光接触，只是自顾自地说。

吴东方心头的无名之火想要发作，但又忍住了。他缓缓说道："烤鱼店现在的情况，你也看到了。咱们谁也别为难谁，我出个主意，你看行不行？"

"你说吧。"

"烤鱼店大大小小的事情，以后就全部由你负责，我们都不再参与。"

听到这里，陈迈勇用奇怪的眼神看着吴东方，他不知道对方卖的什么药。

吴东方继续说："你把烤鱼店承包下来，每个月给我们十二万元承包费。"

陈迈勇顿时瞪大了眼睛，急忙说道："承包？十二万？"

吴东方点点头。

陈迈勇摇摇头，苦笑道："你这算盘打得可真好！你知不知道店里每个月的纯利才多少？你一开口，就要拿走十二万！"

吴东方坚持道："店铺的地段这么好，你只要好好干，每个月至少赚二三十万。拿十二万出来，算是便宜你了。"

陈迈勇仍不同意，他给吴东方算了一些细账，然后愤愤地说道："这样，你们来承包，我不管了！"

这明摆着是将了大家一军。谁都知道，如果吴东方有精力做烤鱼店，怎么会需要陈迈勇来承包？

两人又斗上了嘴，耗了半天，双方渐渐都没了耐性。

眼看他们又要吵架，张小海赶紧劝住，然后说道："陈哥，把问题解决了，才是最重要的。这样下去，对大家都没好处。"

陈迈勇想了想，终于说道："一口价，每个月最多十万，不行就算了。"

这话说得斩钉截铁，没有一点退让。张小海看看吴东方，吴东方又看看杜若。三人似乎都在等对方拿主意。

吴东方低下头思考了片刻，终于说道："好吧。过两天咱们签一份合同。"

一屋子的人终于达成共识。陈迈勇全权负责经营管理，每个月给吴东方等人十万元的承包费，而吴东方也不必担心陈迈勇在经营上做手脚了。

看上去皆大欢喜，但张小海却有些尴尬。原先他的作用是监事，现在也失去了存在的必要性。

一天下午，三人把协议签订完毕。吴东方走后，张小海继续留在陈迈勇的办公室。

陈迈勇问道："小海，还有什么事吗？"

"我想辞掉监事的职务。"张小海说。

陈迈勇愣了一下，似乎又明白了什么。他笑了笑，让张小海继续说下去。

"现你承包了烤鱼店，而我单位的事情也多，也帮不上什么忙。我想了想，再当监事也不太合适，免得给你添麻烦。"张小海解释道。

"小海啊，你太见外了！你帮我做了那么多事，怎么是添麻烦呢？我还得感谢你呢！"陈迈勇露出热情的笑容。

"虽然你是吴东方的朋友，但我觉得你还是很讲道理的，完全不是他那种刻薄的人。"

"谢谢陈哥的夸奖！其实我也挺佩服你，一个人创业这么多年。这几个月，你也教了我不少东西。"

"客气客气。唉，要不是吴东方瞎搅和，咱们兄弟还可以干得更好。这样吧，你就挂个名，不用经常跑来跑去的。"

见陈迈勇如此热情挽留，张小海也不好再推辞。

"小海啊，我看得出来，你是一个很实在的人。"陈迈勇似乎想到了什么，轻轻搓动双手，说道，"我最近正好有个项目，有没有兴趣和我一起干啊？"

"是什么呀？"张小海问道。

陈迈勇走到饮水机前，接了杯水之后，放到他面前说道："前段时间，我出去考察了一下。在重庆和川南一带，有一个十分火爆的项目——'烧鸡公'，不知道你听说过没有？用公鸡、辣椒、芹菜、洋葱等食材炖烧而成，以麻辣为主，味道十分鲜美。

"这种菜工序并不复杂，利润也十分可观。在北门几乎没人做过。如果经营得好的话，生意肯定火爆。"

张小海听得有些心动，连连点头。

陈迈勇叹了口气，说道："我本来打算找一些朋友一起来做。不过……像吴东方这样的人，说什么我也不会再合作了。

"这人一点都不实在，对我处处设防，就像是防贼一般。我欠他什么了？总让人觉得不舒服！"

张小海觉得他说得有些道理。从小到大，吴东方给他的感觉就是这样，十分精于算计，有时候也比较刻薄。

但陈迈勇，是否又真的可靠呢？

不过从烤鱼店的经营上看，陈迈勇确实有一定的能力，不是易涛那种只会耍嘴皮子的人……

看着张小海正在思考之中，陈迈勇又接着说道："咱们烤鱼店的情况，你是最清楚的。你和杜若每个月都能分一些钱。'烧鸡公'项目要是真正运作起来，不会比烤鱼店差。到时候开上几个分店，你来帮我经营管理，每个店都占上一些股份。那收入一定会很可观的。"

陈迈勇的这番规划，让张小海觉得相当有吸引力。想想前段时间出谋划策，取得的那些成效，张小海觉得自己有能力再大干一场。

"好！陈哥，你这个项目到时候也算我一份。"

张小海转念一想，又补充了一句："不过，这事不要让吴东方知道了。"

"那是当然。"

告别了陈迈勇，张小海回到家里。坐在沙发上，他开始认真思考自己的资金状况和近期的两个机会。

入股烤鱼店这五个月，他和杜若最初投资的十万元已经收回来了，而且还额外挣了两万多。

"烧鸡公"项目听起来似乎较为可信，陈迈勇的能力也毋庸置疑。如果这次能深入参与经营，将有机会学到更多的东西。

胡亦图说的3D打印，虽然暂时没有什么眉目，但肯定是一条可以赚钱的长线。两个机会都可以把握，不会有什么冲突和影响。想到这里，他轻舒了一口气。

有道是：困难与成功相伴，风险与机遇并存。

前方在等待张小海的，又将会是怎样的一番景象呢？

第三章

陈记烧鸡公

两个项目同时启动，张小海认识新股东

这段时间，张小海所在的单位，正在北门市开展新的一轮文化市场整顿治理工作。

张小海坐在车上，和几位同事对城区内的歌厅、网吧、书店等进行检查。

前几天，陈迈勇告诉他，"烧鸡公"项目准备启动，如果有时间的话，帮着找个可以经营的地方。

趁这次检查工作，张小海正好可以走街串巷，看看哪里有合适的场地。

路过一条新修的大道，一个两层的独栋建筑在车窗外一闪而过。张小海回过头看，似乎那个地方还没有装修。他记下这个位置，打算下班之后去看看。

这时，杜若一个电话打来。

"小海，今晚有空吗？"

她的声音有些兴奋："你还记得胡亦图吗？我那个同学。他今天约我们谈谈3D打印的事情。"

张小海这才想起，上次和胡亦图交谈之后走得匆忙，忘了留联系方式。也不知道这一个月来，3D打印调研得怎么样了。

"好，没问题。下班以后，一块吃饭吧。"张小海爽快地答应了。

他们约好了地点，就在以前常去的那家茶餐厅。

晚上七点。柔和的灯光下，舒缓的音乐在茶餐厅里飘荡，绿色的盆景和鱼缸里游动的鱼群相映成趣。

张小海十分地惬意地躺坐在沙发上，和杜若听着胡亦图的讲解。

"我上次说过，北门缺乏制造业基础。经济主要靠的是轻工业、农业和旅

游业。

"我最近调研了一下。只有少部分高校和科研单位知道或者买过 3D 打印机，绝大多数企业连数字建模的人员都没有。

"从更大范围来看，像 3D 打印这种高科技，连成都、绵阳这些城市都没几个人知道，更别说北门了。

"在国内，3D 打印产业主要集中在北上广深，高校集中、制造业产业链发达的地区……"

张小海打断胡亦图："你想说的是，这个项目我们没多少机会，对吧？"

听胡亦图说了这么多，他感觉有些丧气。

"不不……"胡亦图摇摇头说，眼镜片闪出一丝光亮，"恰好相反，我觉得这里面蕴藏着极大的机会。如果大家都看明白了，那就不是机会了。"

杜若轻轻点着头，似乎觉得他说得有一定道理。

胡亦图继续提示大家："想想看，当年的马云，互联网进入中国的时候，他有直接去做电商吗？

"他要是不做'中国黄页'，有机会认识孙正义吗？有机会拿到软银的巨额投资吗？"

张小海有些开窍："你的意思是说……咱们也做个网站？"

"对啊！"胡亦图一拍沙发，"机器研发咱们玩不转，但可以做网站啊！"

他继续补充道："做个 3D 打印资讯网站花不了多少钱，但至少业内知道我们的存在。三五年后，等这个行业爆发，我们就是最早进入的元老了！"

"嗯。有点意思……"张小海赞赏地点点头。心想胡亦图的视野果然很大，学识也很丰富，远不是吴东方、陈迈勇能比的。

"实际上，有人就是这样干的。"胡亦图打开带的笔记本电脑，然后挑选了几个网站演示了一下。

"没想到这个行业新到这种程度，居然连个像样的网站都没有。大家看看这些，统统都是垃圾！

"要是让我来做，会比这些好上十倍！"胡亦图越说越兴奋，大脑袋上的眼镜都快掉下来了。

"另外，我们还可以在线下进行推广，承接一些 3D 打印的业务。"

"好，就这么干！"张小海非常高兴地回应道。

三人继续商量了一下，网站由胡亦图牵头设计制作，张小海和杜若每人各出五千元。先把第一个版本做出来，再考虑怎么运营的事情。

张小海和杜若都把这事想得比较简单。花钱不多，也不用费什么时间和精力，3D 打印这个项目就可以启动了。

和胡亦图道别之后，心情愉快的张小海对杜若说："正好今晚你也在，咱们去看一个场地。"

"什么场地？"杜若好奇地问。

"一会你就知道了。"张小海卖了一个关子。

他们打车来到白天张小海看到的那个独栋建筑。这个地方坐南朝北，位于通向山城高速的新主干道旁，地理位置不错。

这栋建筑刚建成没多久，共分为上下两层。隔着一楼紧闭的玻璃大门，他们看到每层约三百平方米，屋内没有任何陈设，只有单调的白墙和洋灰地面。

"你要干吗呢？"杜若问道。

于是，张小海把打算投资"烧鸡公"的事说了出来。

"怎么样，有没有兴趣一块来做？"

杜若没有回答，继续绕着这栋建筑看了看，然后对张小海说："这很像我们家在天津开的青年旅舍呢。整体大小和内部结构都很像。"

"是吗？"张小海笑笑说，"怎么以前没听你说过？"

"你也没问啊。"杜若继续说，"这个大小，用来开饭店足够了。前面这条主干道建成不久，估计来往的人不会太多。不过也没关系，有个一年半载，客人就会慢慢多起来。"

"那你是同意啦？"张小海开心地说。认识这么长时间，他才知道杜若也有一定的商业头脑。

"我想提醒你一下，陈迈勇这个人……"杜若想了想说，"我心里总觉得不踏实。另外，投资这么大的项目，需要花多少钱，有没有算清楚过？"

"资金的问题，回头我再和陈迈勇商量一下。我现在手里的钱也不多，如果要投的话，差不多可以出十万。

"至于陈迈勇嘛……我这几天也想了想。不管怎么样，现在烤鱼店我们还是绑在一起的，他不至于坑我们吧。"张小海补充道。

"好吧。我具体投多少，现在暂时还不好说。等你那边确定下总额，我再和父母商量一下。"

照着玻璃门上房东留下的联系方式，张小海给对方打了电话，得到的答复是：年租金十四万，三年无递增。不过，这房子刚被租出去。

张小海刚充满信心，就像气球一样被扎破泄了气。居然来晚了一步。他苦笑着摇摇头，和杜若离开了这个地方。

第二天是周末，张小海正在家看一本经营管理的书，他接到了陈迈勇的电话。

"小海兄弟，"陈迈勇说道，"咱们这次的项目，总投资大概一百二十万。我占 60% 的股份，你那边占 40% 的股份。我们各自找一些朋友来投，分别代持各方的股权。你看怎么样？"

"好啊……"张小海说道。一百二十万的投资，以前从来没有想过。一下搞这么大，想想都激动呢。

"对了，场地的事怎么样了？"

"昨天看了一个地方，相当不错。可惜被人租走了。"

"哦，没关系，我最近找到了，改天我们可以去看看。你那边尽快给我答复，现在要投资这个项目的人很多，关系不好的我都拒绝了。"

听陈迈勇这么一说，张小海心里直痒痒。挂了电话，他赶紧又和杜若联系。

"你呀，就这么着急。"杜若在电话里嗔道，"你出十万，我们还差三十八万的缺口。我找父母要这么多，他们还以为我要置办嫁妆呢。"

"哈哈……"张小海笑着，脸上也微微发热。

张小海无意中一直把杜若当成男生，一个很好的创业伙伴。杜若这么一说，反倒让他觉得不好意思了。

"好啦，我会尽快给答复。估计三十万是没问题的。"杜若说。

剩下八万元的投资额度，张小海很快也找到了人。对方是张小海的一个同事，武哥，平时关系还不错，而且多次到"荆州烤鱼店"吃过饭，知道那里生意非常火爆。

又过了一周，陈迈勇告诉张小海，他的投资人也找好了，大家可以约个时间，一起把"烧鸡公"的项目定下来。

一天中午，张小海一行人来到"荆州烤鱼店"二楼的办公室。

张小海推门进去，看见屋内坐着三个人，其中一个是陈迈勇，另两个是不认识的一男一女。

陈迈勇和张小海分别给大家做了介绍。

张小海一方的股东有杜若，还有那个同事武哥。陈迈勇一方的股东，男的叫蒋平礼，四十多岁，女的叫林海珊，年龄看上去和杜若差不多。蒋平礼经营了一家奔驰 4S 店，林海珊在做安防生意。

陈迈勇把"烧鸡公"项目从头到尾又说了一遍，然后以"荆州烤鱼店"为例，给人家描绘了一番非常好的前景。

"店名我已经想好了，就叫'陈记烧鸡公'。"陈迈勇肉嘟嘟的脸上一片欣喜的神色。

他大手一挥，说道："只要咱们齐心协力，一定能做大做强。争取今后开遍全川！"

众人听得心潮澎湃，恨不能马上投钱进来，像烤鱼店那样做得红红火火。

"别急！"陈迈勇踱着步子，高声说道，"我必须宣布一些规则。

"首先，俗话说得好，'艄公多了打烂船'。我们不能有太多的股东，也不能有太多的人参与决策。我和张小海各自代持你们的股份，我占 60%，他占 40%。各自出具相应的手续。

"其次，谁经营，谁负责。只要信得过我，经营和财务都由我来统管。你们可以派一个人来当监事。其余人只管分红。

"最后，大家有钱出钱，有力出力。以后开业了，多带一些朋友来捧场！"

见众人没什么异议，在陈迈勇的提议下，他成为"陈记烧鸡公"的董事长，张小海作为副董事长，蒋平礼作为监事。

"好！明天都把钱打到这个账号上。"

陈迈勇从兜里掏出一张银行卡："咱们把店面租金付了，然后抓紧时间装修。"

会议结束后，在陈迈勇的带领下，六人分别乘坐两辆车去看租的场地。张小海坐在陈迈勇的大众帕萨特上，一路开到一条新修的大道边停下。

"陈哥，这就是我想找的地方啊！"张小海下车后惊喜地叫道。眼前这栋建筑显得格外亲切。

"哈哈。英雄所见略同嘛。"陈迈勇笑道。

众人围转了一圈，对这个场地也是赞不绝口。

这时，张小海的同事武哥在旁边嘀咕："这房东的名字和电话，怎么这么熟呢？"说罢，他翻开手机上的电话簿。

"果然，'翎乐'歌厅老板的名字。"武哥一边自言自语，一边拨通了电话，"刘老板，你在华莹大道上有个房子要出租啊？"

不知道后来说了些什么，过了几分钟，他挂了电话。

"十二万一年。谈妥了。"武哥对陈迈勇和张小海说。

陈迈勇笑得眼睛眯成了一条缝。才交了订金，房子还没接手，租金就减了二万。

张小海也非常高兴："武哥，房东你认识啊？"

"你忘了？上周我们才去他们歌厅检查过一次。"

3D打印网站制作完毕，"陈记烧鸡公"装修进展缓慢

"烧鸡公"项目开局十分顺利。好场地、好操盘手、好合作伙伴，这种天时地利人和的感觉让张小海喜不自禁。

第二天，张小海就草拟了一份代持股协议，交给杜若和武哥签订，然后他们将钱打到了陈迈勇的卡上。张小海又给他们写了投资款收据。

在"荆州烤鱼店"的二楼，张小海遇到了正准备出门的陈迈勇。

张小海说："陈哥，钱已经转过来了。你查一下吧。"

陈迈勇看了一下手机短信，然后退回房间，在桌子上草草写了一张收据：

今收到张小海人民币四十八万元。何进。

"小海兄弟，我要出去办点急事，咱们回头慢慢再聊。"没向张小海过多解

释，陈迈勇就急匆匆地走了。

张小海的高兴劲儿还没过，他把收据放进衣兜里，又骑车去了租的场地。那个独栋建筑外边已经挂了一条很大的红色横幅：热烈祝贺"陈记烧鸡公"开业在即！

陈迈勇的动作很快啊，看来装修很快就要进场了。张小海美滋滋地回到单位。

这一上午，张小海都在想着"烧鸡公"项目，做任何事情都没心思，直到胡亦图在 QQ 上给他发来消息。

"小海，我想和你商量一下网站版面规划的事。"

"遇到什么困难了吗？"

"技术上倒是没什么问题。最近我看了一下其他 3D 打印网站，发现流量和排名都不好。"胡亦图打了一个窘的表情。

"哦？"张小海不太明白。

"就是没多少人访问，"胡亦图向他解释，"网站访问量反映了人们的关注程度，会影响后期的收益。

"简单来说，访问量很差的网站，以后很难赚钱。就像一个街边的店铺，如果每天客流量很少的话，是卖不出什么东西的。

"我分析了一下，可能是因为 3D 打印技术门槛较高，玩家有限，知道的人太少。"

张小海在电脑上打出一排字：你不是说，我们先占个坑，慢慢来嘛。

他心想慢一点也没关系，反正有其他赚钱的项目。

"张老板，你们都是有钱人啊。当然没什么可担心的。"胡亦图开了一句玩笑，"互联网行业不一样。如果不做到前面，排名靠后的只能'等死'啊。"

"那怎么办呢？"

"我想了想，如果网站一开始就设置大量的专业知识，估计没多少人愿意看。不如我们淡化技术内容，搞一个科普网站，把 3D 打印作为其中一个子栏目。这样的话，就能吸引更多普通网民，从而带动对 3D 打印内容的访问。等整个网站的访问量大了，我们再改成专业的 3D 打印网站。"

张小海觉得胡亦图说得很有道理。于是他们就按照这种思路，将网站规划成

"科技资讯""创客家园""前沿技术""3D 打印"四个栏目。

"关于这个网站的盈利模式，我们再想一想。"结束讨论之前，胡亦图说。

"OK。"

又过了好几天，陈迈勇也没和张小海联系，张小海寻思着他是不是太忙，也没打电话。

自从烤鱼店承包给陈迈勇之后，张小海晚上就很少去了。反正每个月等着分红，趁这些时间，还不如学点书本上的知识，以后"陈记烧鸡公"开业了，还可以派上用场。

几周后的一天晚上，张小海接到杜若的电话。她问起投资协议的事情，张小海才从档案盒里拿出那天陈迈勇写的收条。

"我还是不太理解……"杜若在电话里问道，"为什么他每次签名都是'何进'呢？"

"也许做生意的人，都有自己的难处吧。"虽然张小海心里也有这个疑虑，但他还是试图说服自己，"我以前有个高中同学，后来在外面做生意，也有不同的名字和绰号。

"据说他是怕江湖上的人'追杀'。"张小海半开玩笑地说，"社会上的事情，谁说得清楚呢？"

杜若并不认同这种解释："你不觉得'陈迈勇'和'何进'这两个名字相差太远了吗？他是不是有什么事瞒着我们啊？还有，那天的股东会，蒋平礼当选了监事。"杜若顿了一下，接着说，"我爸妈后来告诉我，他本来就是陈迈勇那一方的股东。蒋平礼能管住陈迈勇吗？"

张小海没想到杜若注意到的这些细节。不得不承认，现在"烧鸡公"项目的运作模式与"荆州烤鱼店"没什么不同，这种所谓的监管根本也是形同虚设。

但一想到烤鱼店每个月的进账，张小海又一次做出了妥协。

"唉……你管他呢。只要每个月分红就行了。"张小海不耐烦地说，"经营上的事情，我们又没操心，别成天瞎琢磨了。"

挂了电话，张小海的心里越来越烦躁。

第二天中午回家，张小海特意到"陈记烧鸡公"的店面看了看。里面已经有一些工人在进行施工。他进去看了一下，感觉一切正常。

他的心情稍微好了一些，又给陈迈勇打了一个电话，但对方一直没接。

张小海又骑车到了烤鱼店，陈迈勇不在二楼。店里的员工告诉他，这几天陈迈勇到重庆去了。

时间进入 2013 年 7 月。

一天，张小海接到胡亦图的电话，说网站的第一个版本做出来了，想让他和杜若看一看。

三人又来到以前那家茶餐厅，胡亦图打开了电脑，给他们做了一番演示。网站的页面做得非常精美，看得出胡亦图费了不少的心思。

"怎么样？比其他网站强多了吧？"胡亦图自豪地说。

"辛苦辛苦。"看着胡亦图乱蓬蓬的头发，眼睛也有些发红，张小海感激之情油然而生。

杜若也觉得非常棒。不过，她提了一个大家最关心的问题：这个网站怎么赚钱？

胡亦图想了想，说道："大部分网站的盈利模式有三种。一是赚取广告收入；二是设置付费查看，收取会员费用；三是售卖商品。

"咱们做的是 3D 打印，所以我想，可以通过网站卖 3D 打印设备。至于广告收入嘛，现在网站才开通，流量小，估计也没人打广告。

"收取会员费用肯定不行了。3D 打印本来就很小众，有多少人会花钱呢？"

张小海思忖了一下，说道："那也就是说，我们必须让很多人访问，才能考虑赚钱的事情咯？"

"没错。"胡亦图接过话，"我们先得把网站的流量搞起来。要让更多人访问网站，内容一定要做得很丰富。

"现在设置了四个栏目。我们可以分一下工，我来负责'前沿技术'和'3D 打印'，小海负责'科技资讯'，杜若负责'创客家园'。每天我们都更新一些内容，这些内容不一定自己写。大家看怎么样？"

张小海点点头说："你的意思是，我们从别的网站转载一些文章，是吧？"

"没错。"胡亦图说，"我们现在没能力生产原创内容，可以多找一些其他网站上有趣的文章发布出去。"

"'创客家园'是什么鬼，为什么给我安排这么难的东西？"杜若噘着嘴说。

胡亦图笑着说："很简单的啦。创客就是喜欢做新奇小玩意，搞点发明创造的一帮人。这样的网站一大把！"

网站运营的事情基本清晰了，最后大家讨论确定了一个网站的名字："3D爬虫网"。

"让我们网站的足迹，留在 3D 打印世界的每一个角落！"胡亦图神采飞扬地说。

接触了这么多创业伙伴，胡亦图让张小海第一次感受到，在这个世界上还有与自己一样，内心充满宏大志向的人。

他隐约觉得，这个项目有一天真的可以飞出全国，冲向全世界。比尔·盖茨、乔布斯、马云……他们的今天仿佛就是自己的明天。未来的创业之路，将是一片坦途！

接下来的很长一段时间，张小海几乎忘记了这一切。

他每天都在网上采集文章，和胡亦图讨论如何更新内容，如何吸引用户；有时候杜若也会参与进来，三人的临时创业小组在网站运营方面，慢慢摸出一些门路。

张小海偶尔也去"陈记烧鸡公"现场看看，有时候有一些人在装修，有时候店面却空无一人。但他一直没放在心上，相比"3D 爬虫网"，其他事情是多么微不足道。

直到有一天上班的时候，武哥从别的办公室过来找他，问起"陈记烧鸡公"的情况，张小海才发现，从六月初接手店面开始，装修时间已经花了整整三个月。

"你呀，长点心吧。"武哥抽了一支烟，摇摇头说，"这么长时间都没结果，我们每个月都要净亏一万。你还不快去问问陈迈勇什么情况！"

虽然武哥平时是一个大大咧咧的人，但毕竟也投入了八万块钱真金白银。谁遇到这种拖沓的事情不揪心呢？

张小海这才回过神来。每天花大量时间在"3D 爬虫网"上，不停地熬夜，他已经把自己弄得头昏脑涨了。

　　他马上给陈迈勇打了个电话，然而没有人接听。又接连打了几次，依旧是同样的结果。

　　张小海骑车到烤鱼店，陈迈勇依然不在。他有些急了，又打了几次之后，电话终于通了。

　　"陈哥，怎么不接电话？在忙啥呢？"张小海生气地问道。

　　"不好意思啊兄弟，这段时间我在外面考察项目呢。"电话里传来陈迈勇笑呵呵的声音。

　　"有时候忙起来就忘了带手机。不时还要陪一些领导，接电话也不太礼貌。干脆我就都调成静音了。让你等急了，实在不好意思。"

　　"咱们那个店面怎么还没装修完啊？"张小海追问道，"是不是出什么问题了？"

　　"别提了，兄弟。问题太多了……"陈迈勇在电话里叹了一口气。

　　"顶层防水的问题一直没能解决。进场的材料安装不久，一下雨就泡坏了不少，现在只能重做。我前几天才和他们发了脾气，这次找的装修公司简直太不靠谱了！"

　　张小海听了陈迈勇的解释，焦急的心情稍稍平缓了一些，不过他仍然有些生气："不行就换吧！我这边的股东都在问是怎么回事呢。"

　　陈迈勇安慰他道："放心放心。我做了这么多年的生意，知道该怎么处理。装修的事情，我会尽快落实好的。"

　　"对了，什么时候把投资协议签了？手续总应该完善吧。"张小海想到杜若给他说的话，继续问道。

　　"等我过段时间回去吧。到时候我们正式签协议。好了，我正在陪领导，不和你说了。"

　　没等张小海过问更多的细节，陈迈勇已经挂了电话。

　　虽然得到了陈迈勇的答复，但张小海郁闷的心情仍然像湖水一般漫遍全身。他脑子里把前前后后的事情又过了几遍，始终觉得哪里不对劲。

　　想了半天，他终于想到了一个人，赶紧打了一个电话过去。

陈迈勇暴露种种劣迹，张小海求助监事蒋平礼

"小海，最近过得怎么样啊？"

电话里，吴东方的声音仍然是那么沉稳。最近几个月他们很少联系，吴东方每个月拿到烤鱼店的承包费后，只是照例把钱给张小海打过来。

张小海把投资"陈记烧鸡公"的事情全盘说了出来，希望吴东方看看有没有什么问题。毕竟这几年来，与陈迈勇合作时间最长的人就是吴东方了。

"你傻啊你？"吴东方听完之后十分激动，在电话里对张小海一通臭骂。

"你让我说你什么好？我早就提醒过你，跟什么人合作也不能和这种人合作！"

张小海被骂得一时找不着方向，他哭丧着脸问："哥，他到底什么情况啊？"

吴东方说道："陈迈勇的人品，我再清楚不过了。

"你还记得陈迈勇有两个名字吗？还有一个叫'何进'。"吴东方提示他说，"最初我和他合作的时候，他就用的这个名字签的协议。

"当时我也没太在意。毕竟社会上的人，各种乱七八糟的身份都有。只要他能把烤鱼店管好就行了。

"后来那笔二十万的投资款，他只打了十万。接着他和我说想缓一段时间再给尾款，我也同意了。

"但之后的每个月，我总会察觉到账目有些不对。你说我长期在成都，哪有精力去过问那些细节……"吴东方叹了一口气，继续说道，"直到他把后面的尾款补齐，我才意识到他是用我们赚来的钱，去填前面投资款的坑。我把前前后后的账梳理了一遍，果然发现差额几乎就是他的尾款数。但这只是我的猜测，并没有拿到实际的证据。

"后来我就非常怀疑他的人品。有一次，我请了一个律师朋友，对陈迈勇的背景进行了一番调查。你猜查到什么？"

张小海的心"扑通"跳了一下，连忙问道："怎么啦？"

"我们想尽各种办法核对了他的身份。才发现 2000 年的时候，陈迈勇就已经篡改了信息，冒名顶替'何进'的高中应届毕业生身份，上了北门师范

大学。"

"直到现在，公安的户籍系统里，他都还有两个身份证，不同的两个号码。一个就是'陈迈勇'，另一个就是'何进'。"

"他这两个身份轮着用，随时都可以金蝉脱壳！"

张小海听到这些情况，越发觉得自己不长脑子。自己是警察专业出身，居然对陈迈勇没有一点防备。

"那为什么不去揭发他？"张小海问道。

"你啊……太单纯！"吴东方压低了声音，继续说道，"这事牵扯的人太多。从派出所，到学校，有多少人能脱得了干系？

"更何况当年操作这事的那些人，有的调职，有的升官，有的退休，加上一些原始档案已被销毁。现在十多年过去了，谁会认真去查，查了又对谁有好处呢？"

张小海还是有些不理解，问道："表哥，那当时我入股的时候，你为什么不告诉我这些情况？"

"你知道了又能怎样，还会参与进来吗？"

张小海这才明白过来，自己不过是吴东方手里的一颗棋子。

吴东方为了不与陈迈勇发生正面冲突，又想保全自己的利益，让张小海从中制衡陈迈勇。如果他们二人发生冲突，吴东方再来出面调停。

但可能吴东方自己也没料到，张小海在生意场上不过是一只菜鸟。不但张小海找不到陈迈勇的漏洞，吴东方还不得不经常亲自上阵。现在张小海居然还把全部身家搭了进去。

"现在说什么都没用，你要想办法把投资款拿回来。"吴东方感觉到张小海低落的情绪，连忙给他打气。毕竟他们还是表亲，关键时刻还是要帮他出主意的。

吴东方最后说："陈迈勇现在十有八九是在跟你要花招，你得小心了，好好盯住他。

"我一时半会儿回不去。你得自己找人去查一查，看看他最近在搞什么名堂。先把事情弄清楚，再做下一步打算。"

这番对话让张小海掉入了冰窟。他浑身发凉地又给杜若打了一个电话，杜若听到这些情况，在那边抽泣起来。

"别急，别急。"张小海虽然也有些不知所措，但还是慢慢镇定下来。

他继续安慰杜若说："天无绝人之路。我一定会想办法把大家的钱拿回来的。"

张小海在大脑里快速地梳理着自己的朋友圈，问一下陈迈勇的经历。

没过几天，张小海的同学给他发了一连串的短信，又给他打了一通电话。

对方告诉他，陈迈勇有两个身份证的情况的确属实。有人反映，早在两年前，陈迈勇就打着"合作投资"的旗号，四处找合伙人圈钱。

这个人几乎什么生意都敢做，餐饮、娱乐、家政等行业都有涉及。和别人合伙做生意的时候，陈迈勇总是以各种借口少出，或者根本不出一分钱，空手套白狼。

一旦和别人的合作项目确立，陈迈勇就会想尽办法，将财政大权掌控在自己手中。但他是否真的用各种手段侵吞其他股东的利益，这一点没办法得到证实。

外界传言，陈迈勇让一些人赚过钱，也让一些人赔过钱。

而赔钱的方式，就是把项目做成亏空，然后把钱转移到其他地方。很多人都在他的身上吃尽了苦头。

听到这些消息，张小海终于明白了吴东方的处境。如果吴东方不对陈迈勇约束得那么厉害，后来不知道会被坑成什么样子。

"烧鸡公"项目刚刚启动，如果陈迈勇还搞这样的事，张小海甚至想不出能用什么办法来应对。

而现在让张小海最担心的是，陈迈勇是否是真的在做这个项目。

为此张小海跑了一趟装修现场，他问了一个施工人员。对方直接抛出一句话："顶层漏水的问题确实存在，但你们前面连钱都没给够，我们怎么干活啊？"

张小海留下了这个人的电话，半信半疑地离开了。

他又托人多方打听陈迈勇近期的活动情况。一天晚上，张小海最终得到了一条令人震惊的确切的消息。

他听到这个消息后，再也坐不住了。张小海约了杜若在北门师范大学里的一处凉亭见面，向杜若说出了实情。

原来，陈迈勇平时喜欢打麻将，而且每次玩的金额都十分大。他最近手气非常差，输了很多钱，还在外面欠了一屁股的债。

如果陈迈勇以"烧鸡公"项目做幌子，挪用项目资金来给他自己还债，导致店面装修到现在都没有完成……

张小海不敢再想下去了。杜若、武哥和他自己的四十多万资金，这可都是辛辛苦苦挣来的血汗钱。

这一次，说什么也不能让陈迈勇占到半点便宜！

张小海想到了同事武哥，看武哥能不能帮忙想想办法。然而，让他大失所望的是，武哥对这件事却另有看法。

"小海，我告诉你，"武哥在电话里冷冷地说，"这个项目你是牵头人，出了事就该你全权负责，我是不会管的。那八万块钱，你自己看着办吧。咱们都是兄弟，我也不会急着催你。"

还是杜若一句话提醒了张小海："上面三令五申，严禁私下里做生意，武哥怎么敢抛头露面？"

张小海终于明白，那些吃过亏的人，为什么不敢轻易和他闹翻。这些人的心理状态，陈迈勇拿捏得非常到位。

他紧皱眉头，一边不停地踱着步子，一边分析着形势："现在我们不能和陈迈勇撕破脸。否则的话，有可能什么都得不到。

"我想最好的办法，就是联合其他股东，共同监督陈迈勇的一举一动，让他不敢再玩什么花招。"

杜若若有所思地点点头："你还记得那个蒋平礼吗？虽然我们还没签正式的合作协议，但上次已经确定他是监事。按理说，他有足够的权力去监督和提醒陈迈勇。"

"对，我们可以要求召开股东会，让陈迈勇向大家通报项目的进展情况。"

经过一番讨论，他们决定由张小海去找蒋平礼，杜若去找林海珊。这两个人都是陈迈勇的投资人，如果能说服他们召开股东会，陈迈勇不会不来。

二人商定之后，便开始分头行动。

第二天下午，张小海电话联系了蒋平礼。蒋平礼让张小海到他的奔驰4S店见面。

　　张小海准时来到约定的地方，店员却告诉他，蒋平礼出去了还没回来。过了十多分钟，一辆奔驰汽车驶入院内，蒋平礼开门走了出来。

　　"不好意思，有点事情耽误了时间。"蒋平礼一路走来，向站在门口的张小海打着招呼，"来来小海，快进屋来。"

　　张小海还记得在上次股东会上，陈迈勇介绍过，他和蒋平礼是在一起玩麻将的时候认识的。

　　闻到蒋平礼满身的烟味，张小海就知道他刚从麻将桌上下来。

　　"小海，来找我有什么事吗？"给张小海泡好了茶，蒋平礼问道。

　　为了试探蒋平礼对陈迈勇的态度，张小海先把"陈记烧鸡公"场地装修的情况做了介绍，然后表明了自己的担心。

　　"光是店铺租金，每个月就要净亏一万，这都三个多月了。这样下去，不知道什么时候才能开业。"

　　"工期延误是房顶漏水造成的吗？"看上去，蒋平礼似乎对这事一无所知。

　　"蒋哥，难道你也没到现场看过情况吗？"

　　"我这边的事都多得忙不过来。上次陈迈勇找我投资，我说行吧，投点小钱玩玩。大伙想吃饭的时候，也可以有个固定的地点。"

　　"蒋哥，十六万，小钱啊？说不要就不要了？打麻将还要听个响吧？"张小海激了他几句。

　　蒋平礼的脸慢慢沉下来："那你说怎么办？如果真像陈迈勇说的，是装修公司出了问题，我们总不能连他也一块骂吧？"

　　张小海喝了一口茶，皱着眉头说："问题就在这里。这几个月我经常找不到陈迈勇。他要么不接电话，要么说在外地考察。搞成这个样子，他没有责任吗？"

　　"嗯……"蒋平礼思索片刻，说道，"我倒是有几次在麻将馆里碰到过他。不过，那都是七月的事了，他告诉我一切正常啊。"

　　"你经常在外面玩，难道没听到什么传言吗？"张小海抛出这句话，想提醒一下蒋平礼。

　　蒋平礼似乎意识到了什么，说道："曾经倒是有人给我说过，陈迈勇这个人，不太靠谱，吹的比做的多。"

张小海顿时松了一口气。于是他把最近调查的情况，一五一十地告诉了蒋平礼。

蒋平礼似乎也意识到了问题的严重性，他气愤地站起来说道："我知道陈迈勇经常输钱，可没想到他会挪用公款给自己还债！"

张小海见状，说出了自己的打算。最后他说："你是全体股东的监事，这件事情还需要你的支持啊！"

"好好好，咱们就召开一个股东大会，专门来说说这件事情！"蒋平礼满口答应下来。

蒋礼平设计对付陈迈勇，股东会结局大反转

夜幕降临，白天的热浪化成一股股凉风，吹拂着校园里的垂柳。知了仍在树丛中喧嚣，张小海和杜若走在北门师范大学的湖边小径上，宛如一对情侣。

然而，张小海的心里却没有一丝闲情逸致，他正在和杜若对白天的情况进行汇总，商量对付陈迈勇的办法。

"林海珊是一个沉稳的女生。"杜若轻声说道，"最开始，我也不敢向她透露陈迈勇的真实情况。我只是问她，知不知道店面装修的情况。"

"哦？她怎么说？"张小海问道。

"她说，知道装修进度很慢。她曾经好几次给陈迈勇打电话，但和我们遇到的情况一样，陈迈勇要么不接电话，要么说在出差。"

"她说她投的钱不多，只有十六万。奇怪了……"杜若停顿了一下，继续说，"陈迈勇那边，两个股东加起来也只有三十二万。按照投资额度和比例，陈迈勇至少应该投一半多的钱。他欠了那么多的烂账，能拿得出来吗？"

张小海想了想说："现在种种迹象表明，陈迈勇就是在玩空手道。"

"林海珊是上海人，2012年5月来的北门。"杜若边走边说，"跟着她的老乡，一个叫郑崇明的人做安防生意。她其实和陈迈勇不是太熟，今年三月的时候才认识他。"

"这次她投这个项目，按她的说法，只是想给陈迈勇一个面子。陈迈勇的社会关系很广，林海珊希望通过他认识一些朋友，照顾她的生意。"

"我了解到这些情况之后，觉得她和陈迈勇并不是一路人，就把实情告诉了她，并请她支持我们。"

"她什么反应？"张小海急切地问。

杜若露出灿烂的笑容，说道："虽然刚开始她有些犹豫，但后来还是同意了。"

张小海舒了一口气。下午他去找蒋平礼的时候，同样面临不知对方底细的局面。经过张小海的试探，蒋平礼的表现让他心里的石头落了地。

"看来，人们在利益面前，都不会顾及什么玻璃情谊。"张小海总结道。

"怎么讲？"

"蒋平礼眼看这十六万就要打水漂，于是和我一起商量了对付陈迈勇的办法。"说着，张小海的眼睛开始发亮。

"我和蒋平礼分析，陈迈勇把装修弄成这样，很可能是纯属无奈。

"按理说，他把项目确立，让'陈记烧鸡公'尽早开业，可以名正言顺地大捞一笔。但他最近一定欠了不少赌债。他现在采取拖延战术，无非想拆东墙补西墙。

"如果强行要求陈迈勇召开股东大会，他一定会躲。这是他惯用的伎俩。等到他的资金压力缓解之后，他才会露面，将项目继续推进。"

"那要等到什么时候？"杜若问道，"他要是一直没钱装修，这一年不就耗完了吗？"

"我们当然不能等了。"张小海继续说，"蒋平礼告诉我，陈迈勇最大的弱点就是好赌。所以，我们也不必搞个什么正式的股东大会。

"蒋平礼说，会抽个时间约一下陈迈勇，安排一些人到蒋平礼的家里打麻将。到时候，你和我，还有林海珊，将他堵在蒋平礼的家中。这样，我们自然可以向他讨个说法。"

"此计甚妙！"杜若哈哈地笑起来。

张小海笑着说："就算这样，陈迈勇也可以百般辩解，把一切问题全都归于装修公司，继续拖延时间。

"问题关键在于，陈迈勇上次只给我们打了收款条，并没有确定我们的股东身份。所以趁这次机会，一定要让陈迈勇把投资协议签了。"

"那他要是不签呢？"杜若担心地问道。

"不签？就将他扭送到派出所，把他有两个身份证，以及冒名顶替别人上大学的事情抖出来。我相信纪委等部门，一定会对这件事的前因后果感兴趣的！"张小海胸有成竹地说。

"对！威胁一下他也好，省得他这么嚣张。"杜若咬牙切齿，她那三十万元，可都是肉啊！

万事俱备，只欠东风。张小海和杜若就等着蒋平礼的消息了。

又过了半个多月。这段时间，张小海和杜若的心情大好。

"3D 爬虫网"在他们的精心维护下，日均独立访客量（UV）居然过万。按照胡亦图的评估，他们的网站在整个 3D 打印行业，可以排到前二十名了。

杜若也顺利完成了论文答辩，很快就可以拿到硕士学位。

经过这儿个月的磨合，张小海和胡亦图的关系也越来越密切。他们经常在一起畅谈人生理想，畅想 3D 打印的未来。

在他们看来，现在最紧迫的问题，不是什么烤鱼、烧鸡公，而是如何将"3D 爬虫网"团队正式组建起来。

"小海，我决定辞掉现在的工作，专职来做我们的网站。"一天下午，胡亦图在网上发来消息。

张小海看着这段短短的文字，里面似乎蕴藏着巨大的能量。

回想起这一年多的创业历程，无论是成功还是失败，似乎一切都离自己太远。毕竟他每次都跟在别人后面，有人为他遮风挡雨。

唯有这次，他是全程参与，全力以赴，并且有望通过这个小小的网站，收获一个可以终生奋斗的事业。

啥也不说了，一起干吧！

回到家后，张小海将"3D 爬虫网"的情况向父母做了介绍，然后真诚而又坚决地表明，自己也要辞职创业，独自去社会闯荡。

"你呀……"张妈妈不知怎么评价儿子的决定，"唉，早知如此，你又何必回北门呢？外面的机会更好啊。"

张爸爸倒是非常平静。他大概早就看出，儿子终非池中之物。有些鸟儿，始终是关不住的。

2013年10月11日,张小海、杜若和胡亦图,三人各自出资五万元,成立了"北门3D爬虫科技有限公司",办公室就设在市区的一个写字楼里。

当天晚上,三人在一家餐厅举杯相庆,既是庆祝新公司成立,又是祝贺杜若顺利毕业。正当他们开怀大笑之际,张小海接到了蒋平礼的电话。

"小海吗?赶紧到'御花园'茶坊来。"蒋平礼压低了声音说,"我碰见了陈迈勇,他正在打麻将呢。你去通知杜若,我通知林海珊。"

三人打了辆出租车,火速赶到张小海家里,把事先准备好的股东协议带上,然后匆匆前往"御花园"茶坊。

在茶坊的走廊上,张小海一行遇到了蒋平礼和林海珊。

蒋平礼在张小海的耳边嘀咕了几句:"前段时间一直没有约到他,这家伙滑头得很。今晚我和朋友在这里玩,碰到他,他还想躲着我呢。218房间,走,咱们一块去吧。"

众人推开房门,里面的包间传来哗哗的麻将洗牌声。

体态偏胖的陈迈勇坐在靠窗的位置,一边码牌,一边用手机打着电话。周围坐着两男一女,正在喜笑颜开地说话。

"你们这是……"陈迈勇打完电话,回过神来。眼前全是一帮熟人,却用完全陌生的眼光看着他。

杜若率先打破了房间里的沉默:"陈哥,今晚不是你让我们来开股东会嘛,怎么打起麻将来了?"

张小海暗暗发笑。杜若这狗血的开场白,让他始料未及。

"蒋哥,你太不够朋友了吧,来这么多弟兄姊妹,事先也不和我打声招呼。"陈迈勇看了蒋平礼一眼,似乎明白了什么。

"相逢不如偶遇,大家都知道你很忙嘛。"蒋平礼挪了把椅子坐到陈迈勇的身边,然后又对那三个牌友说道,"对不起了几位,今晚我们要在这里开股东会。"

无关人员离开之后,众人围坐在麻将桌边。陈迈勇扫视四周,脸上一副死猪不怕开水烫的表情。

"一个一个说吧,谁先来?"陈迈勇右手拨弄着一张麻将牌,慢条斯理地说道。

"陈哥，我们今天来没别的意思。'陈记烧鸡公'成立四个多月了，到现在都没动静。我们想了解一下进展情况。"没等其他人发言，林海珊轻声说道。

"没错。四个月的时间，按照正常的装修工期，应该早就完成了！"蒋平礼不满地说。

陈迈勇不紧不慢地回应道："都给你们说了嘛，装修公司出了大问题，现在要重新做。"

"我平时的事情比较多，又是烤鱼店，又是'陈记烧鸡公'，还有其他一些生意。有些顾不过来，才让装修公司钻了空子。"

"陈哥，你忙不过来的话，我们也可以出力啊。"林海珊平静地说。

"哎呀林妹妹，我也不想麻烦你们啊。"陈迈勇客气地说。

"那为什么不和我们签投资协议？"蒋平礼生气地质问道。

"老蒋，你不懂啊。现在装修预算都变了，最后的投资额度都没办法完全确定，我怎么给你们签？再等一等吧。"

蒋平礼一拍桌子，更加生气："我不懂？别以为你开个破餐馆就什么都懂。我好歹也是奔驰 4S 店的老板吧！"

看到这两人的对话，张小海隐约有一种不好的预感。今晚蒋平礼的火气很大啊。

"蒋平礼，你能不能好好说话？"

陈迈勇脸上挂不住了，他狠狠瞪了对方一眼。

"哼，你少给我装。"蒋平礼愤愤地说，"别以为我不知道你干的那些破事！"

"你给我说清楚，我干什么了？"陈迈勇把手中的麻将一扔，差点打在杜若的身上。

"有本事你就把所有账目拿出来给大家看看。"蒋平礼不依不饶地说，"我们股东的钱你都敢吃，你胆子太大了！"

陈迈勇气急败坏地站起来，从身边的包里拿出几叠资料，一下砸在蒋平礼的头上。

"你个狗日的。拿去烧纸吧！"

两人立即扭打起来。众人劝也劝不住。也不知道是谁打了 110，不一会儿，几个警察过来了。

众人被带到了附近的派出所。在调解室里，脸上被抓出血口的陈迈勇郁闷地坐在那里，一屋的人谁都没有说话。

一个领导模样的警察走了进来。

"你叫什么名字？"警察问陈迈勇。

"何进。"陈迈勇回答道。

"今晚发生了什么事情？"

陈迈勇简单说了一下，警察又了解了其他人说的情况，然后高声说道："你们发生的事情，算是民事纠纷。有什么话，回去好好说。如果何进真的坑了你们，可以到法院去起诉他！"

这时蒋平礼站了起来，急切地说道："警官，他不叫何进，他叫陈迈勇！他有两个名字，两套身份证。不信你们查一查。"

"还有这种怪事？"警察自言自语道，"你把两个名字都写下来！"

"我手机上存有两个身份证号码。"说着，蒋平礼把上次张小海转给他的短信给那个警察看。

警察接过手机，离开了调解室。过了十多分钟，这个警察又回来了。

他把手机还给蒋平礼，很不客气地说："还两个身份证。人家何进只有一个号。你手机短信上的那个什么陈迈勇，根本查不到！"

张小海一听，脑子一下就蒙了。他站了起来，大声问道："怎么可能？我们以前查过的。"

警察不理他的说辞，大手一挥："你们这种人，整天神神道道的。走吧，别再给我惹事了！"

幕后真相浮出水面，千哥破局讨回投资款

出了派出所，陈迈勇气冲冲地走了。剩下的五个人，围在一起商量怎么办。

林海珊告诉大家，她捡到了陈迈勇扔在地上的那叠资料，原来是前期的账目明细。蒋平礼提议，大家把这份资料认真看一看。

众人跟着蒋平礼去了 4S 店的办公室，从装修材料、人工费用、房屋租金、

差旅费用等一系列开支彻底研究了一下，却没有发现什么大的问题。

凌晨三点，蒋平礼实在是抗不住了，他打了一个哈欠，对众人说："差不多就这样吧，大家不如早点回去休息。"

第二天是星期六，张小海睡到上午十一点才起来。昨晚发生的事情就像一场梦，越来越多的疑问在他心头萦绕。

张小海给市公安局的那个同学打了一个电话，让他再查一下"陈迈勇"的身份信息。

过了大概半小时，对方告诉他，那个身份证信息确实查不到了。

"多半已经注销了，我让人查了好几遍。"

张小海急迫地问道："那什么时候注销的，能查到吗？"

"这个查不到，系统里是没有记录的。"张小海的同学又补充了一句，"这两年，公安部的要求越来越严格，一旦发现有重号，或者有多个身份证的，都会只保留一个。"

"那会通知本人去派出所办理手续吗？"

"应该会，但注销的时候，系统里是没有注销记录的。"

张小海失望地挂了电话，然后又把这个情况告诉了杜若。

杜若则继续问他：关于装修的情况，那些账单是否属实？装修进度慢，是真的被漏水耽误，还是陈迈勇故意而为之？

张小海十分后悔上次没认真调查清楚。下午他给上次那个施工人员打了一个电话，然后去了一趟他们公司。这次接待他的，是一个姓王的负责人。

张小海表明了来意，这个负责人告诉张小海，陈迈勇前期的款项确实有一些拖欠，但后来都补齐了。他拿出一份材料和费用清单，交到张小海手里。

张小海仔细看了一下，发现这份资料和昨晚看的一些内容完全一致，估计也查不出什么。

"这次的装修工作，我们是尽了全力的啊。不过意外的漏水，我们合同上约定过，是不会赔偿的。"

事情越来越糟糕。这次股东大会一闹，又没查出什么问题，陈迈勇一定会借题发挥，继续拖延时间，或者玩其他花招。

就在这时，张小海接到了蒋平礼的电话。

"小海，何进现在要求我们退股。昨晚我们和他闹翻了，他现在不承认我们股东的身份！"蒋平礼在电话里着急地说。

看来，陈迈勇的身份被确认后，蒋平礼已开始改口叫"何进"了。

听到这个信息，张小海反倒舒了一口气："退就退呗，退了股，钱不就拿回来了吗？"

"哪有那么简单啊。"蒋平礼说，"前期的装修、房租投入了那么多，现在退，我们不都要赔吗？"

张小海想起装修费用，账面上已经投入了二十多万元。照蒋平礼这么一说，张小海这一方股东，至少要损失八万块。他背上直冒冷汗。

"这样吧，蒋哥，我先和我这边的股东商量一下。"

"好吧。反正我是不会退的，我要和这个烂人斗到底！"

挂了电话，张小海再次和杜若联系。没想到的是，杜若的态度非常坚决："赔就赔，以后都不想和这种人打交道了，早退早结束！"

见杜若这么说，张小海也不好再说什么，毕竟杜若投资的额度最大。

吃过晚饭，张小海心烦意乱地在电脑上浏览网页。从轻易相信陈迈勇上了"贼船"，到现在落得进退两难的局面，说后悔也晚了。

突然，张小海的QQ上千哥的头像亮了。好久都没和千哥联系，他心中一阵激动，就像溺水的人看到了一根救命稻草。

张小海急切地告诉千哥，自己遇上了大麻烦，希望他能帮帮忙。过了一会儿，千哥给他发来一个手机号码，要和他在电话里沟通。

张小海十分欣喜，将整件事情的来龙去脉告诉了千哥。

千哥思考了一会儿，然后给张小海分析，目前他们面临着十分尴尬的局面。

如果退股，他们将会有所损失。如果不退，陈迈勇可能继续以各种理由拖延下去。就算让陈迈勇继续做这个项目，结局也可能是以亏空收场。

如果他们到公安机关报案，告陈迈勇诈骗。现在虽然亏损了一些房租，但也没有掌握确凿的证据说他转移或者挪用资金。陈迈勇就算曾经有两个身份，现在也无从证实。

　　如果告到法院，从民事方向去起诉。陈迈勇只打了一个收条，又没和他们签订任何协议。虽然有口头协议和其他证人，但缺乏白纸黑字的依据。其他证人如果不给力，又会在一些细节上陷入无尽的扯皮。

　　"那我们投资的钱，岂不是注定要损失吗？"张小海失望地问道。

　　而千哥接下来的回答，仿佛要将张小海陷入更加绝望的境地。

　　"收条和欠条还不一样，如果是投资款的收条，体现的是股东的权益，而欠条则体现的是一种债务关系。

　　"也就是说，现在你既无法证实你的股东身份，还没办法让他像还债一样，把钱如数退还给你。"

　　张小海这才明白，当初自己是多么愚蠢，一步一步走进陈迈勇精心设下的陷阱。现在看来，也只能断尾求生，割肉止损了。

　　千哥嘿嘿一笑，似乎是在提醒张小海："不过，如果他真的欠你钱，情况也许就不一样了……"

　　张小海已经被弄得头昏脑涨，他实在是想不出有什么更好的办法，也不明白这句话有什么玄机。

　　千哥压低了声音给他说如何操作。听了十多分钟，张小海的心中终于有了一线希望。

　　"关键在于，你要想办法找一个陈迈勇信得过的人，来办这件事。"最后，千哥嘱咐他说。

　　第二天下午，张小海和杜若在一家咖啡厅约见了林海珊。事先他们讨论认为，林海珊或许就是破局的关键人物。

　　但即使如此，他们仍然认为这是一着险棋。

　　陈迈勇有两个身份证的情况，近期只有蒋平礼和林海珊知道。这两人其中之一必有问题，至少有人泄露了信息。

　　但相比之下，林海珊与陈迈勇接触的时间最短，或许能从她的身上打开一道突破口。

　　张小海和杜若，先是很坦诚地告诉了林海珊大家当前的处境，又试着问了一下她的想法，是以亏损的方式退股，还是继续留在项目里，任由陈迈勇摆布。

听完这些利害关系，林海珊先是沉默不语。接着，张小海又把吴东方与陈迈勇合作的情况也告诉了她。

"你在北门的时间不长，我们都吃过他的亏。"张小海语重心长地说，"这个人向来毫无诚信可言，千万不能上他的当啊！搞不好，你一分钱都要不回来！"

这几句话终于打动了林海珊。她点点头，向张小海和杜若吐露了实情。

原来，陈迈勇在北门还开了一家超市，欠了林海珊一万的设备款。五月的时候，陈迈勇游说她做"烧鸡公"项目，并承诺她说，只要再投十五万元，连同原先的一万元，就私下给她价值二十万元的股份。

"那蒋平礼呢？他也是这样的吗？"张小海急切地问。

"这就不清楚了。但有人给我说过，陈迈勇欠了他一笔赌债。"林海珊轻声说道。

张小海这才恍然大悟过来。上次股东会上，蒋平礼与陈迈勇撕破脸大打出手，不过是二人表演的一场闹剧。

"蒋平礼还告诉我说，只要我配合一下，到时候把你们这一方赶出局，陈迈勇还会送我百分之五的干股。"

张小海听到这里，脊背升起几股冷汗。真是江湖险恶……原以为蒋平礼会真的主持公道，没想到他们竟然来了一招"将计就计"！

林海珊叹了一口气，说道："我也实在是没有办法啊……"

张小海咬牙切齿地说道："你放心，只要你能帮我们，就一定能把钱追回来！"

"那我该怎么做呢？"

"很简单，你只需要抽个时间，找个理由，把陈迈勇约到一个有包间的地方喝茶。其他的事情，交给我们就行了。"

2013年11月的一天晚上，林海珊约了陈迈勇在"聚兴"茶楼见面。事先林海珊告诉陈迈勇，她有一个朋友也想入股"烧鸡公"项目，需要与他面谈。

晚上八点，陈迈勇慢悠悠地出现在茶楼的一个房间。进屋不久，陈迈勇和林海珊寒暄了几句，然后点了一杯铁观音。

"林妹妹，你那个朋友，什么时候来啊？"陈迈勇笑眯眯地喝了一口茶。

林海珊打了一个电话。五分钟后，四五个陌生青年男子鱼贯而入，后面跟着张小海和杜若。

陈迈勇见状，大惊失色："你们……你们要干什么？"

张小海笑着说："陈哥，我今天把协议带过来了，你签一下吧。"

陈迈勇舒了一口气，故作镇定地说："小海兄弟，实在不好意思。前段时间一直忙不过来。签协议啊？好说，好说。"

说罢，陈迈勇接过张小海递过来的一叠文件。看了几分钟，他的脸上直冒汗。

"这是……还款协议？"陈迈勇惊异地看着张小海。

"陈哥，上次你借了我的钱，只打了一个收条，你忘了吗？"张小海用戏谑的口吻说道。

陈迈勇大概没想到张小海用这么一招，破解了他熟费苦心设计的局。

那天晚上，十哥向张小海建议："正因为你们没有签股权协议，所以还有得救。否则的话，只能继续被套下去。只要想办法让陈迈勇签一个欠条，然后再根据欠条立一个还款协议，将股权关系变成为债权关系，到时候就不怕他不还钱了。"

这一纸还款协议上写得清清楚楚：算上张小海一方四十八万，再加上林海珊的十六万，陈迈勇共欠他们六十四万元。

陈迈勇如同哑巴吃黄连，有苦说不出。这每一分钱，都不是凭空而来，算不上对他敲诈。如果他不签，恐怕今晚很难走出这个房间。

"陈哥，别说我不给你一条生路。"张小海继续说，"这些钱不必一次性还清，你只需要每个月还八万就行了。"

"当然，以后就不是由我来收了。这些收账公司的兄弟，比我更加专业。"张小海看了一眼四周的壮汉。

陈迈勇就像被霜打了的茄子，连同欠条和还款协议，一并签字画押。

临走的时候，张小海把那张旧的收据还给他，又抛出一句："陈哥，烤鱼店的员工，'五险一金'是没有交的吧？要是有人举报，你是要负全责的。承包协议上写得很清楚，谁承包，谁负责。"

这句话也非常有杀伤力。如果陈迈勇不执行还款协议，张小海等人有的是机会抓他的把柄。

　　这件事总算是顺利解决了。如果没有千哥的帮助，张小海不知道自己的钱什么时候才能要回来。

　　半年后，一次偶然的机会，张小海在街上遇到了蒋平礼。

　　听到张小海问起"烧鸡公"项目的事，蒋平礼的脸色变得十分难看，眼神也躲躲闪闪的，似乎不好意思再见到张小海。

　　支支吾吾了半天，蒋平礼终于开口说道："从你们退股了以后，陈迈勇后来又找了几个人入股，把'陈记烧鸡公'办了起来。但是生意一直不是那么景气，几乎每个月都赚不到钱。"

　　叹了口气，蒋平礼说道："我最初投资的那点钱，现在赔得也差不多了……"摆摆手，蒋平礼不想再说下去。

　　张小海摇了摇头：在这生意场上，想要做到"诚信"二字，究竟会有多难？

第四章

3D 爬虫网

3D打印盈利艰难，千哥指导网站改版

经历了一年半的风风雨雨，张小海终于从一个什么都不懂的创业小白，慢慢有了一些经验。

没有人能保证在创业的路上一帆风顺——成功的背后总是充满艰辛和曲折。幸运的是，经历过这么多次挫折，张小海认识了能真正相互支持的创业伙伴。

张小海、杜若、胡亦图，这个三人临时创业团队，终于从不同时期、不同领域正式走到了一起。

按照他们前期的商议，张小海之前曾有"铭优教育"和"荆州烤鱼店"的运营经验，由他担任"北门3D爬虫科技有限公司"的总经理，负责网站推广、商业变现和业务洽谈。

胡亦图主要负责"3D爬虫网"的技术维护、研究3D打印技术，杜若负责相关栏目的内容采编。

但对于张小海来说，当前最大的短板，就是不懂互联网运营。为此，他大量收集和学习了网站运营知识。很快，他熟悉了一些基本的术语和推广方式。

其中，最常见的推广模式，就是让搜索引擎收录，以及交换网站链接。

建立一个网站并不复杂，但难就难在如何让别人知道这个网站的存在。

理论上，一个网站能让全世界的人访问到。但实际上，才发布的网站只是一个信息孤岛。而谷歌和百度的作用，就是将一个个孤岛连接起来，让人能够通过搜索引擎访问查阅。

除此之外，自己网站与其他网站相互收录网址，这样就有机会让人在访问A网站的时候，去访问B网站。

　　然而，让搜索引擎收录并不是一件容易的事情，必须进行大量的优化，行业术语叫 SEO（Search Engine Optimization，搜索引擎优化）。

　　像谷歌、百度这样的搜索引擎，其收录排名的原则是：网站的名气越大，网页越具有重要性，排名就越靠前。而排在后面的网站或者网页，用户已经很难有耐心再去翻页查询了。

　　这样，就形成了著名的"马太效应"：强者越强，弱者越弱。越是不知名的网站，访问量就越小。

　　一天上午，张小海接到了一个陌生的电话。

　　"请问是'3D 爬虫网'的张总吗？"

　　"你是？"

　　"我们是一家专业的网站推广公司，能让您的网站搜索排名靠前。"

　　张小海一听，立即有了兴趣。最近他一直在为网站推广的事情犯愁，想不到居然有这样的好事。

　　对方给他报一个年服务费三千元的价格，声称能让"3D 爬虫网"排在百度的首页。张小海和胡亦图商量了一下，觉得这个价格也还算合理，于是就同意了。

　　没过一周，"3D 爬虫网"的网页内容就出现在百度的第一页。虽然不知道对方采用了什么方法，但张小海仍然非常高兴。

　　但一个月后，张小海却笑不起来了。

　　一天上午，张小海的办公室里来了几位不速之客。当对方出示了证件，张小海等人才知道这些人是北门市公安局网安支队的民警。

　　"警官，你们有什么事吗？"张小海有些紧张地问道。

　　一位民警向他们出示了一叠资料。张小海一看，完全傻眼了。

　　"这是北门市政府网站，前段时间被人找到漏洞入侵，"办案民警说，"我们分析了相关网页代码，发现里面居然链接上了你们网站的网址！"

　　"还有这些……你们都看看吧。"

　　这些打印资料里面，还有全国各地其他一些重要政府部门的网站页面，也分别被人用同样的手法进行了植入。

　　怪不得百度将他们的网站排在了前面，原来这种神操作，能让搜索引擎认为

"3D 爬虫网"也是权威的网站。

在问清了这件事的前因后果，检查了他们的电脑，又确认了他们没有作案动机后，办案民警给他们提出了两条意见：

第一，提供那个"网站推广公司"的相关线索，配合办案；第二，立即整改，对"3D 爬虫网"备案，随时接受公安机关的监督。下不为例，否则给予处罚！

这件事过后，张小海和胡亦图再也不敢将"搜索引擎优化"工作交给第三方了。他们加强了学习，同时也主动去找一些正规网站合作，交换链接。

有一天，张小海在网上搜索一些信息，发现一个大数据主题的网站排名比较靠前，于是他加了这个网站负责人留在首页的 QQ 号码，希望对方能与他交换网站链接。

没想到的是，对方的态度十分傲慢，非常坚决地拒绝了他的申请。

"有什么了不起的？"张小海自言自语道，然后删除了对方的 QQ 号码。互联网的精神就是平等、自由、合作，这样故步自封的网站，岂能做大做强？

在他们的精心维护下，"3D 爬虫网"慢慢有了一些名气和流量。为了践行互联网精神，张小海除了主动找人交换链接之外，对任何正规网站的申请都来者不拒，其中不乏一些不知名的小网站。

功夫不负有心人。随着内容的不断更新，访问"3D 爬虫网"的人也渐渐多了起来。

2013 年 12 月，"3D 爬虫网"单日独立访客量（UV）突破了三万！

但在兴奋的同时，三人团队却发现他们的付出和回报似乎并不成正比，网站访问量嗖嗖上升的同时，所带来的收益却少得可怜。

每个月两三千元的广告收入，扣除房租、水电等费用，基本上就不剩什么了。

而在胡亦图的计划中，是要利用网站售卖 3D 打印设备，但到目前为止，不管是线上还是线下，他们没有接到过任何客户的订单。

再这样下去，十五万元的投资，仅够三人的工资。原先宏大的蓝图，在现实面前居然如此尴尬。

胡亦图也没更多的办法，这几个月来，他的主要精力都花在了对 3D 打印机的研究上。所幸的是，他在这方面还算成了一个专家。

思来想去，张小海也不知道问题到底出在什么地方。

遇到困难，张小海向来是自己寻找解决办法。可是眼前面临的这些困难，凭他自己的本事，已然是无能为力。

不得已，张小海只好打算再向千哥求助。

原先他认为，千哥只在传统行业有一定的经验，所以也没有向他请教互联网相关的问题。再加上他认为胡亦图算是一个互联网专家，也不太好意思再次麻烦千哥。

一天晚上，张小海在QQ上联系上了千哥，告诉了他创办"3D爬虫网"的事情，以及遇到的一些困难。

"你先等一会儿，我去看看你的那个网站。"千哥回复道。

半小时之后，张小海的手机响了起来。

电话那头，千哥好奇地问道："小海，怎么想起做 3D 打印啦？"

张小海呵呵一笑，解释道："我有一个朋友给我推荐的，说 3D 打印项目前景十分广阔，兴许能够掀起一场新的产业革命。我在网上也查过了，前阵子铺天盖地地宣传，确实是现在的创业热点。"

"你们啊，网上的东西，连真假都分不清楚……"千哥哑然失语，接着他一语道破真相，"你看的那些资料，都是些商业炒作！"

"这些年来，投资界是什么热就炒什么。目的就是在金融市场掀起风浪，专门骗不知内情的投资者。"

千哥沉默了一会儿，很快给张小海的QQ上发来几张股票交易的截图。

"看到没有？ 2013 年上半年，这几支 3D 打印概念的股票翻了好几倍。可这些，和你实际做项目，有啥关系？"

张小海不免开始担心起来。如果千哥说的这些话是真的，那么脚下的这条路走起来或许并不是当初想象得那么容易。

"你那个网站，刚才我也看过了，问题不少呀！"千哥继续说道。

张小海急忙问道："有什么问题，给小弟指点一下吧。"

千哥哈哈一笑，说道："你们这个网站，是以 3D 打印为主题的吧？"

"是的。"

"那为什么 3D 打印的内容只占了网站的一个版块，什么转基因技术、克隆嫁接、发明创造……这些乱七八糟的东西也会出现在上面？"千哥用质问的语气说道。

张小海听完，一时间竟说不出话来。

"既然主题是 3D 打印，那么就应该把无关的栏目砍掉。不然的话，网站看起来就很不专业。引来的用户，很多也不是冲着 3D 打印内容来的。"

"业内人士都不看你们的网站，那些设备卖给鬼啊？"

张小海恍然大悟，连忙打开电话免提，用小本子将千哥的话记下来。

"但是，内容过于专业，没多少人看怎么办？"张小海不解地问。这个问题，胡亦图在前期也提到过，所以他的解决办法就是降低内容的门槛。

"你们真是傻啊。专业内容，当然是给专业人员看啊。你们不去找懂行的用户、感兴趣的用户，反而降低内容质量，这难道不是缘木求鱼吗？"

千哥越说越起劲："你们网站上的 3D 打印文章，水平和质量还很差。有的作者根本对技术一窍不通，靠这些垃圾转载文章怎么行？

"除了原创和转载之外，还要带动行业大咖来投稿。可以组建论坛、QQ 群之类的，聚集一批 3D 打印爱好者，交流经验体会。这样一来，文章来源和人气不就全有了嘛。"

听到这一系列解决办法，张小海的思路仿佛一下子开阔了起来。

"还有，你们还交换了一些什么乱七八糟的友情链接？

"和主题不一致的网站，还有那些比你们还差的网站链在一起，只会削弱你们网站的权重。搜索引擎会认为你们的也是垃圾网站！"

张小海这才明白过来，为什么那个大数据网站的负责人会果断拒绝自己。

这一通电话让张小海受益匪浅。

第二天，他将千哥的建议告诉给了朴若和胡亦图。他们佩服千哥想得如此周到的同时，也懊悔半年来做了很多无用之功。

用了一上午的时间拿出改版方案之后，他们决定马上对"3D 爬虫网"进行大刀阔斧地修改。

考虑到时间问题，张小海联系了一家专业做网站的公司，不到一个星期，网站的整改就全部完成。

这次他们将与 3D 打印无关的信息统统去掉，同时增加了论坛社区和电商版块，提供了技术教学、机器导购、专业测评、设备销售等一站式服务。

为了提高网站的人气和知名度，张小海在每个页面上都留下了他的 QQ 号码，组建了几个 QQ 群，吸引了一批 3D 打印爱好者的加入。

随着人数的不断增加，每个群的成员数量都基本保持在五百人左右。这些人都十分活跃，经常在群里讨论 3D 打印的各种问题。

杜若时不时也会在群里发布网站信息，有些人看了之后又会转发出去。有时候群里也会有人联系张小海，购买 3D 打印机，或者寻求 3D 打印服务。

"3D 爬虫网"总算慢慢走上正轨，三人再一次喜上眉梢。

线上线下齐联动，业务迈上新台阶

经过千哥的点拨，又与用户不断交流，"3D 爬虫网"团队慢慢意识到，只有认认真真地解决用户的需求痛点，网站才能受到用户的欢迎。

一天上午，胡亦图正在打印一个模型部件，张小海一边看他操作，一边和他聊天。

"亦图，网站开发和视频制作都是你的强项，看两者能不能结合起来，做一些更有价值的事情？"

胡亦图摇晃着大大的脑袋，说道："经过这段时间的研究，我发现 3D 打印主要用于工业，民用市场才刚刚起步。而民用市场上，大多都是桌面级的 3D 打印机。

"真正有技术实力的厂家并不多，大多数厂商的产品同质化，技术参差不齐。这样就导致用户，特别是一些入门用户，不知道如何去选择一款最适合自己的 3D 打印机。

"厂商和一些爱好者把主要的精力放在技术研发上，宣传力度太弱。很多人根本没有互联网思维，还抱着酒好不怕巷子深的想法，去守株待兔。"

张小海点点头，深有同感："是的。最后的结果就是厂商找不到用户，用户找不到合适的产品。"

"另外，降低 3D 打印的使用门槛也是一个重要的环节。如果产品不能做到傻瓜化、人性化，是无法在普通用户群里普的。"

胡亦图思考片刻，说道："不如这样，我们做几期 3D 打印视频，试试效果。

"视频一是信息容量足够大，二是够直观。3D 打印对大多数人来说是新鲜事物，通过视频的方式，受众更容易理解一些具体的技术细节。"

二人跃跃欲试。可是，拍摄制作什么内容呢？

经过一番商量，胡亦图建议找一些厂商来合作，制作机器测评视频。一来可以向用户介绍 3D 打印知识，二来可以给相关厂商做免费宣传。

"台湾有一家著名的制造企业，旗下有一个 3D 打印团队。最近他们上市了一款叫'达闻西'的机器。如果视频效果好的话，我们的网站也能蹭点名气。"胡亦图兴奋地说。

然而过了几天，胡小图垂头丧气地告诉张小海，他联系了这家企业，对方的负责人态度十分傲慢。不但不愿意合作，而且非常瞧不起他们的网站。

"他们觉得我们是打着测评旗号，到处收钱的骗子。"胡亦图郁闷地说。

张小海嘿嘿一笑："这款机器不是已经上市了嘛。咱们买一台来测试，谁能阻止呢？"

于是，他们花了五千块钱买了一台。周末，胡亦图把自己关在办公室整整两天，才完成了一期他自己还不太满意的视频。

可没想到，当他把这部视频发布到网上，很快获得了众网友的纷纷好评。这部视频的片头，剪辑了电影《国产凌凌漆》的片段，里面罗家英与周星驰的对白让人忍俊不禁：

"力拔山兮气盖世。"

"时不利兮骓不逝。"

"阿七？"

"闻西？"

"我希望你叫我全名——达闻西！"

"没问题，闻西。"

胡亦图巧妙地把这款 3D 打印机和电影里的情节结合起来，让人在寓教于乐中，获知了机器的性能和参数。

这部视频的播放量很快过万，在行业内产生了一定的影响力。那家 3D 打印企业的负责人得知后，主动联系胡亦图，这次他的态度发生了一百八十度的大转弯。

"能不能帮我们再多宣传一下。"对方热情而又急切地说，"另外，你们在视频里提到的那些不足之处，能不能帮忙处理掉呀？"

"对不起，我们是一个专业的 3D 打印网站，我们必须保持测评的客观中立。"胡亦图一本正经地回答道，"我们也不收取任何费用。"

胡亦图将这个情况告诉了张小海和杜若，三人大笑起来。

杜若笑着说："你们两个真是聪明，能想到这么好的点子。这几天网站的访问量也不断上涨，很多人都在群里问这款机器的情况。"

打响了第一炮，胡亦图又如法炮制，一连说动了四五家 3D 打印机生产商与之合作。他们将最新的机器寄给"3D 爬虫网"，胡亦图马上对产品进行测评，然后将测评结果发布到网站和 QQ 群里。

这些视频制作十分精良，语言通俗易懂，画面也十分形象生动，降低了 3D 打印的技术门槛，同时引起了各大厂商和用户的广泛关注，网站的知名度也不断提升。不到半年时间，"3D 爬虫网"拿到了十多家厂商的区域代理权。

不过，线下的推广，却不是那么顺利。

按照胡亦图的设想，北门市有五所高校，这些高校的学生，应该每年都会有一些毕业设计，有些模型和产品原型，就可以用 3D 打印来实现。如能收取一定费用的话，收入应该比较可观。

然而现实情况却是，北门市的这些高校，大多数是文科类的。张小海和杜若在这些学校里搞了好几次 3D 打印展示活动，却没有引起太多学生的关注。

一天，三人又在商量，如何把 3D 打印技术普及到线下。

张小海说："要不，我们再找一下千哥，让他出出主意？"

"你呀，每次都去麻烦人家千哥。"杜若嗔道，"咱们自己不会想办法吗？"

胡亦图表示赞同："师父领进门，修行在个人。如果我们自己缺乏运营能力的话，以后又怎么生存发展呢？"

回到家后，张小海把一些困难告诉了父亲。

张爸爸沉思了一会儿，说道："上次你给我带回来的一些 3D 打印的小物件，还比较有意思，就像一个个玩具。为什么你们不联系教育部门，在中小学搞一些科普活动呢？"

这些话提醒了张小海。第二天，三人对这个想法进行了探讨。

杜若了想了想，说道："之前接手'铭优教育'的那个宋姐，你还记得吗？"

张小海点点头。

杜若继续说："她的老公曾经当过中学的副校长，人脉关系很广，或许他可以帮我们策划一下。"

"好！你联系一下，我们找个时间和他们面谈。"

这天是周末，张小海和杜若约了宋姐和她老公，在一间茶坊喝茶聊天。

听完他们的想法之后，宋姐的老公说道："以科技活动为核心的科普教育，目前是基础教育课程改革的范畴，很多学校每年都有这样的任务。

"不过，以前一些科普活动太过普通，不太容易引起家长的兴趣和重视。你们这个提议非常好。3D 打印技术是前沿科技，如果能想办法搞得生动有趣，我相信一定会受欢迎的。"

张小海和杜若很是高兴，想不到双方的需求居然这么一致。

"不过，我要提醒你们，千万不要搞得太商业化，否则……"宋姐的老公犹豫片刻，继续说道，"学校有的领导会认为我在里面有利益关系，这样就不太好了。"

"您放心，我们一定本着公益活动的原则来做这件事，决不会给您添麻烦！"张小海坚定地说道。

宋姐的老公看张小海朝气蓬勃，一脸正气，便爽快地答应下来。

经过张小海等人的精心准备，首次"北门市中小学 3D 打印科普展"，就在宋姐老公之前工作过的学校举行。

这次展览，"3D 爬虫网"拿出了一百多件 3D 打印成品。这些打印件有的造型奇特，有的可以完成复杂的机械功能，有的人物模型惟妙惟肖、栩栩如生。

孩子们瞪大了眼睛，看着一台台 3D 打印机将电脑里的三维模型精确地复制出来，纷纷想要自己动手操作。

在这期间，有的家长主动上前询问 3D 打印机的情况，一些还表露出购买的意愿。他们发放了科普资料，并借机邀请一些家长在周末的时候来公司参观。

三人看在眼里，高兴在心里。他们没想到，现在这些学生的课外活动是如此的贫乏，而在制造业不太发达的北门市，3D 打印的市场切入点居然是在中小学教育系统。

两场科普展取得了良好的口碑，宋姐的老公又把他们介绍给其他学校。这些学校的领导都对他们的活动表示热烈欢迎。

就这样，在一个多月的时间里，他们在北门市的六所中小学校举办了不下十场"3D 打印"科普活动。

一天中午，张小海刚回到家，父亲告诉他，曾经帮助过张小海的那个下属，现任北门市教育局的副局长，也知道了他们的科普活动。

"王叔叔请你去教育局做一堂 3D 打印讲座，你什么时候有空？抽个时间准备一下。"张爸爸高兴地对他说。

没想到居然会有这样的礼遇，张小海也十分兴奋。不过，他以前从来没给人做过演讲，他不免有些担心。

张小海把这件事告诉了胡亦图和杜若，他们的意见是：这次讲座非常重要，将会确立"3D 爬虫网"在北门市的重要地位。只能成功，不许失败！

为此，胡亦图为张小海精心制作了 PPT，杜若也给了不少修改建议。张小海花了两天时间，一边熟悉内容，一边照着镜子调整自己的演讲姿势。

2014 年 3 月 7 日，"3D 打印"科普讲座在北门市教育局二楼的演讲大厅举行。四十多位教育系统的领导干部聚集一堂，抱着极大的兴趣来了解这种神奇的技术。

"各位领导……大家好……"初次登台演讲，张小海有些紧张。

不过，他很快调整好自己的呼吸，打开了 PPT，上面出现一些人物的肖像。

"这是毕昇，我国古代活字印刷术的发明者，他的发明加快了人类文明火种的传播。

"这是詹姆斯·哈格里夫斯，他发明的珍妮纺纱机引发了第一次工业革命。

"这位大家很熟悉，大名鼎鼎的史蒂夫·乔布斯，在车库里摆弄出引领全球科技潮流的苹果电脑。

"哦，这位——不好意思，这是我的形象。"

众人哄堂大笑。张小海的开场白，让所有的人进入放松状态。

"在人类漫长的历史上，我们正处于一个巨大的科技变革的前夜，但也许包括在座的各位，并没有意识到这一点。

"近年来科技界的发展方向，就是所谓的'第三次工业革命'，是以 3D 打印技术为基础的生产制造方式。"

…………

"在未来，我们日常生活中的衣食住行，甚至医学的人体器官、汽车飞机的零件、房产业的建材，3D 打印技术将无处不在！"

讲座结束后，张小海、杜若和胡小图被请到那个王叔叔的办公室里。王副局长告诉他们，大家反响非常好，平时很难有机会听到这么生动有趣的演讲。

"小海，今后我们还可以继续合作。"王副局长饶有兴致地说，"我们教育系统，每年都有一些教育经费。你们这些优秀的年轻人，可以帮我们编撰一些 3D 打印的科普课程，我们免费发放给全市的中小学校。"

这天大的喜讯让三人内心激动不已。网站的知名度在不断提升，当地政府部门又如此给力，成功的曙光仿佛就在前方。

这几个月的努力总算没有白费。通过线上线下联动，北门市的线下市场也被他们逐渐打开，光是线下收入，每个月就有几万元。

虽然现在没有挣到什么大钱，但是大家明显感觉到公司在变得越来越好，他们的干劲也越来越足！

张小海考察新项目，三方组成新团队

2014 年 3 月的一天上午，张小海像往常一样早早就来到公司，准备开始新一天的工作。

打开电脑，做完手边的工作之后，他开始查看 QQ 群里的动态。

突然，有一个网友在群里发了好几张照片，立刻引来众人的阵阵惊叹。原来

照片里是一些大家从来没有见过的 3D 打印作品。

这些作品每一个尺寸都超过了半米,外观看上去和石膏产品相差无几。其中一个"大卫头像"栩栩如生,细节令人啧啧称赞,和普通雕塑没什么差别。

张小海也很是惊奇。如果用市面上的桌面级 3D 打印机,是绝对没办法一次性完成的。而发照片的人,是一个叫作"神笔制造"的网友,此刻就在张小海管理的 QQ 群中。

这位网友宣称,他用的打印材料是石英砂。他发明了一台"石英砂打印机",能够打印一米以内见方的产品。而这些打印件,直接可以用于建筑施工和室内外装修。

张小海急忙把这些图片拿给胡亦图看。他认为胡亦图见多识广,各种成型技术都了然于心。

"这种机器我从来没有见过,简直是业界奇葩!"胡亦图反复看了好几遍,有些兴奋地说。

见张小海不太明白,胡亦图解释道:"一般的 3D 打印机,除了大型工业级的机器之外,很少有能做到大尺寸的,而且大多只能打印塑料制品,用于原型验证。

"比如利用桌面级 3D 打印机,打印一个十厘米见方的塑料齿轮模型,看看这个模型是否和预想设计的一致。"

胡亦图激动地说:"小海,如果真是这个人说的那样,那这种机器的价值可就非常大了!"

张小海也比较清楚,现在 3D 打印技术之所以没被广泛应用,还存在许多问题。

首先材料的局限性大,只有部分塑料、树脂、金属、木材能够使用。其次是由于技术的限制,打印件的尺寸一般都比较小。

最重要的一点是,大多数打印件只能作为制造业的中间过渡零件,而且成本很高,打印速度也比较慢。

在最初和胡亦图讨论 3D 打印项目的时候,张小海甚至还想过,哪天能够用这种技术直接打印出一辆汽车。而当他深入了解之后,他才发现那是一个遥不可及的梦想。

张小海还清楚地记得，制造业大鳄，富士康的董事长郭台铭曾经说过这样一句话："3D打印只是噱头，如果真的能颠覆产业，那我的'郭'字倒过来写！"

如果这种机器能够直接将产品打印出来，为用户提供造型丰富的建筑装饰件，那想象的空间可就大了。

按捺不住内心的激动，张小海立即联系网友"神笔制造"，希望了解更多的情况。在QQ上聊了一会儿后，张小海惊喜地发现，这位"发明家"现在居然就居住在北门市！

真是太幸运了，一切就像是上天早已安排好的一样。北门这样一个人才匮乏、鸟不拉屎的地方，居然还深藏着这样一位奇人异士。

张小海和"神笔制造"商量好时间，约定在一家茶坊见面。当天晚上，"3D爬虫网"团队如期赴约，听这位网友讲述了他的创业经历。

"神笔制造"的真名叫涂宏伟，他之前曾在深圳、广州工作过一段时间，后来回到北门市开了一家装修设计公司。

一次偶然的机会，涂宏伟在网上接触到一些桌面级3D打印技术。在深入研究之后，他认为这些技术十分简单，完全可以移植到建筑装修行业当中。

涂宏伟花了一年多时间，耗尽了七八十万的积蓄，终于把第一台原型机研发出来了。但接下来，他想把原型机实现商业化和量产，四处找人投资却屡屡挫败。

"这些蠢货，根本不知道这台机器的价值，我纯粹是对牛弹琴！"涂宏伟越说越生气。

胡亦图安慰他道："3D打印才刚刚被人们了解，要找投资的话，最好找懂行的业内人士。"

张小海也表示，如果有机会，"3D爬虫网"可以帮忙牵线搭桥。

看到他们对自己的成果感兴趣，涂宏伟也变得高兴起来："如果有人愿意投资，我们以后的目标将是星辰大海！

"我之前一直在装修行业，非常清楚这个行业的痛点。在装修领域，电脑可以完成各种创意设计，包括转角吊顶、梁柱外观等，但工匠用手工却实现不了。

"在雕塑市场，艺术家必须捏制泥塑模型，然后由工匠放大尺寸雕刻，或者翻模完成，费时费力。"

涂宏伟的眼睛睁得溜圆："要是有了我这机器，这些都不是问题，再刁钻古怪的设计，我这机器也能分分钟打印出来！"

掸了掸袖子，涂宏伟眉飞色舞地说道："装修行业的市场有多大？那可是万亿级的大市场！这么一块大蛋糕，哪怕只是一个小角，都能把人撑死！"

张小海和胡亦图越听越心动，他们迫不及待地想了解目前机器的研发情况。

涂宏伟显得异常自信，他轻描淡写地说："我的技术十分成熟。现在只需要做一台放大版的原型机，三米左右，就能轻松实现一次性打印大型雕塑和装修部件。"

他伸出五个手指："如果再有五百万元的资金，后续的研发根本不是问题！

"最多半年时间，就能够实现机器的量产。到时候，除了售卖机器之外，还可以承接各种雕塑和装修的打印业务！"

张小海看向杜若，她也听得眼睛发亮，仿佛也被涂宏伟的描述打动了。

四人从茶坊出来，立即打车去了涂宏伟的家中。在地下车库，他们见到了这台神奇的机器。

这台机器看上去一米多高，外形像一台农业用的稻谷脱壳机。在长方形的框架里面，安放着一些电路板和机械部件。

涂宏伟略微调试了几下，随即按下了电源的开关。出乎意料的是，机器抖动了几下，然后突然像是瘫痪了一般，再也不动了。

涂宏伟有点着急，连忙上前检查。看了一圈之后，他懊恼地告诉大家，一个电路器件坏了，暂时也没有可以替换的备用件。

"这不坏我心情嘛！"涂宏伟拍了一下机器的外壳。

暂时演示不了打印过程，他只好带着张小海等人查看已经打印好的成品。

张小海和胡亦图仔细观察了一番，又用小锤敲了敲。从外观上看，这些打印的成品还比较粗糙，强度和耐火砖差不多。

涂宏伟解释道："只要把表面稍微打磨一下，精细程度就可以达到石膏的水平，再涂上一层水玻璃，就可以达到石雕的硬度效果。"

接下来的几天，张小海与胡亦图、杜若反复讨论，他们觉得涂宏伟的发明具有广阔的应用前景，而且市面上也没发现同类型的机器，很有投资价值，似乎应该抓住这次机会。

但他们算了一下，烤鱼店的收益，连同陈迈勇在"烧鸡公"项目退回来的钱，三人顶多也只能凑一百万，而且陈迈勇也不会把这些钱一次性还清，他们只能想办法贷一笔款，或者再找其他投资人。

无奈之下，张小海又想到了千哥。千哥就像是他们的救星，总能在关键时刻给予及时准确的指导。

张小海向涂宏伟要来商业计划书，当天晚上就发给了千哥。

在前期的接触中，张小海知道千哥也在做投资。一方面他想碰碰运气，看千哥对这个项目是否感兴趣，另一方面也想听听更多的意见。

然而，千哥在仔细研究之后，很快指出了这份商业计划书中的几处硬伤：

首先，用建筑装修行业的市场规模来衡量这个项目的前景，是非常粗糙的、不科学的。暂且不说能不能实现涂宏伟的描述，这些领域的组件并不是都需要用3D 打印来实现。

其次，五百万的投资没有详细的预算，钱花在什么地方，十分模糊；没有提供收入模型和现成的交易流水，无法有效评估投资回收周期，极容易出现风险。

最后，除涂宏伟之外，技术研发团队成员写的是几个大学老师，但明眼人一看就知道那些人只是凑数的。

看到千哥挑出了一堆问题，张小海知道，千哥八成是不会投资了。

千哥在网上继续提醒道："我劝你还是小心为好！

"一般有经验的投资机构，都十分看中团队整体是否优秀，而很少把筹码压在单打独斗的个人身上。投资就是投人，这件事一定要慎重！"

被千哥泼了一盆冷水，张小海的心里不免有些打鼓。他把这些情况告诉了胡亦图。二人掏出手机，又看了看涂宏伟发过的那些照片。

他们讨论了一番，总觉得这个项目前景很好。此时的张小海，就像是一个迫切希望得到玩具的孩子，心里难受得直痒痒。

"我觉得……千哥说的那些问题，也许不是太严重。"胡亦图缓缓说道，"千哥在互联网行业应该很有经验，但未必了解制造业，更不一定清楚当前的新领域和新技术。

"更何况，很多高科技项目一开始，是没办法知道能不能赚钱的。当年马化腾创办腾讯QQ，一直都不赚钱，后来不也一样被一些投资机构认可了嘛。"

听胡亦图这么一说，张小海的心里舒服了不少。思来想去，张小海打定主意之后，决定去找另一个人。

还记得在投资"陈记烧鸡公"项目的时候，杜若曾告诉他，林海珊具有一定的经济实力。

林海珊的父母以前一直在上海浦江镇做小生意。2010年上海世界博览会前，浦江镇城中村改造，林海珊一家获得了高额的补偿。

虽然林海珊从此过上了衣食无忧的生活，但她仍然希望通过自我奋斗打拼出一番事业。如果拿着这个项目去找林海珊的话，谈成的概率应该是很大的。

现在看来，林海珊似乎是一个比较理想的投资人选。

一天上午，张小海拉着胡亦图和杜若，前去林海珊所在的安防公司和她见面。

张小海把涂宏伟之前的那一套说辞，加上自己的理解，讲给林海珊听。接着，他又将一些成品图片拿出来给大家展示。

胡亦图又补充道："这种高科技项目，一直都是投资的热点，如果以后能融资上市的话，我们的前景无量啊。"

在张小海和胡亦图的游说之下，林海珊似乎有些心动。

林海珊告诉大家，最近几年她涉足了好几个传统项目，但是总是遇到各种各样的问题。这让她不禁感觉，传统行业的钱真是太难挣了。

"小海、杜若，非常感谢你们，帮我追回'烧鸡公'项目的投资款。"林海珊点点头说道，"这次应该是一个很好的机会，我愿意和你们合作！"

投资意向终于谈妥！

"3D爬虫网"团队、林海珊和涂宏伟达成了一个三方协议。

张小海投资二十万，杜若投资八十万，林海珊投资三百万，"3D爬虫网"作为无形资产作价一百万，涂宏伟的专利技术、相关设备作价一百万。在这种算法下，整个团队的总资产达到了六百万。

2014年4月，新的股东大会选举林海珊为董事长，兼法人代表；张小海任总经理，负责全面工作；涂宏伟任常务副总经理、研发总监，负责3D打印设备研发；杜若作为公司监事，胡亦图仍为副总经理，工作职责不变。

在涂宏伟的提议下，经众人一致同意，"北门3D爬虫科技有限公司"更名为"北门神笔科技有限公司"。

后续运作耗资巨大，设备研发遥遥无期

在前期三方洽谈的时候，涂宏伟曾向大家反映，北门市缺乏制造业基础，零件加工非常麻烦，就连附近的成都、重庆都没有太多优质的精加工厂。

"这破地方，连个优秀的车工、焊工都很难找到。而且物流也慢，买一个配件都要花上好几天的时间。"涂宏伟摇摇头说。

"我提议，咱们把公司设立在制造业发达的城市，比如深圳或者东莞。"

涂宏伟指出的那些问题，"3D 爬虫网"原班人马多少也有些了解。

3D 打印设备研发，涉及机械、电子、软件、材料等很多方面的技术，而在北门市，不管是人才基础还是配套环境，的确不尽如人意。

不过，涂宏伟的这番话却让林海珊产生了疑虑。

"你的这项技术，现在还不成熟吗？"林海珊问道。

涂宏伟一愣，马上回答说："当然很成熟了！只是做大型机测试的时候，如果有更好的保障，研发的效率会更快。"

张小海仔细想了想之后，说道："既然原型机在技术上没什么问题，那么现在的主要任务就是做一台放大版的机器，然后进行测试，最终实现量产。

"我们可以先在北门组建一个研发团队，也不用那么高的要求，等机器测试成功之后，再考虑搬家也不迟。"

胡亦图点点头说："是的。现在贸然搬到沿海地区，开支肯定比在北门大。而且放大版的机器不搞定，我们也很难再去融资。"

林海珊、杜若也认同他们的观点。既然涂宏伟把项目进度说得如此简单，只需半年时间就能研发成功，那么大家应该想办法克服眼下的困难。

看到众人的观点基本一致，涂宏伟也不再提出异议。

这次重组之后，团队从信息服务销售型公司变成了集研发、服务、销售为一体的公司。

张小海作为总经理，名义上是负责全面工作，实际上主要还是在分管以前的业务。杜若和胡亦图仍然负责"3D 爬虫网"的日常运营和维护。

整个新团队除了涂宏伟之外，其他人对设备研发都是一窍不通。

因此，张小海十分放心地将这项工作全权交由涂宏伟负责。胡亦图算是半个"专家"，则主动申请协助涂宏伟。

应涂宏伟的要求，胡亦图在郊区找了一处一百平方米的小厂房，然后请了两个工人。四人陆续将原型机和一些加工设备搬到这里，一个简单的研发团队算是成立了。

一个月的时间匆匆过去。一天上午，张小海和林海珊两人约好，去看看涂宏伟的工作进度。

平日里，林海珊基本上都在自己的安防公司里，很少来厂房检查工作。张小海和杜若一直在市区的写字楼里，也无暇顾及机器的研发。

二人来到车间，只见原型机孤零零地立在那里，涂宏伟和两个员工在旁边整理线路。

"怎么样，遇到什么困难了吗？"林海珊笑着问道。

涂宏伟眉头一皱，指着外面那两个员工说道："别提了！一个个真是笨到家了，让他们做什么都做不好！"

看到林海珊和张小海疑惑的目光，涂宏伟只好说道："还好啦，才把一个故障排除掉，现在应该没什么问题了。"

把机器调试了一会儿，涂宏伟说道："先打印一个花瓶给你们看看。"

工人们向砂箱里面加入石英砂之后，涂宏伟打开电源开关，然后在电脑上选择了一个三维模型。不一会儿，机器开始"轰轰"地运转起来。

铺砂装置横向水平移动，在底座上铺出一片平整的石英砂。没多久，喷头开始喷出液体黏合剂。

一层打印完毕，升降装置使底座向下移动两毫米，机器重复刚才的动作，逐层喷筑。半小时以后，花瓶的底座打印完成。

就在这时，机器又出现故障，黏合剂将喷头堵住了。费了好一会儿工夫，涂宏伟才将喷头疏通，然后重新开动了机器。

这期间光是喷头的问题，涂宏伟就解决了两回，而且铺砂装置也被卡过一次。

最开始，张小海和林海珊还兴致满满地看着这一切，而越往后看心就越凉。没想到竟然是这个效果，他们非常失望。

"为什么操作起来这么麻烦？"林海珊不解地问道。

"软件和机械方面不是我的强项，以后可以再进行优化嘛。"涂宏伟悻悻地说。

张小海回想起刚才机器的运转情况，说道："机器的噪声很大，而且性能很不稳定。现在这个情况，一时半会是没办法实现商业化的。"

涂宏伟也有些冒火："都是这些工人，平时磨磨唧唧的，不知道耽误了我多少事！"

"那为什么以前能打印出好的效果？"张小海不爽地问道。

涂宏伟文文吾吾了半天，也没说出一个所以然。林海珊和张小海这才意识到，原先照片上那些精美的作品，应该不是一次性打印完成的。

没等他们说话，涂宏伟又继续说道："现在我们的加工设备很旧，员工的水平也不高，要想按正常的进度实现机器量产，必须得加大投入才行。"

林海珊和张小海愣在了那里。公司重组时，账面上共有四百万元的资金。这些资金，本来是计划将升级版的机器研发成功后，用来实现量产的。

可是现在，原型机居然还有这么多的毛病。但涂宏伟现在提出的要求，他们也不能置之不理。

张小海、林海珊和涂宏伟已然是绑在一条绳上的蚂蚱。硬着头皮，林海珊和张小海召开董事会，表决同意了涂宏伟的升级改造方案。

涂宏伟舍弃了之前一百多平方米的小车间，转而租了一间一千平方米的大厂房，又在成都购置了两台大型数控中心机床以及一些车床、铣床和钻床，还购买了一辆长城牌皮卡车，用于装运材料。

他又陆续从全国各地招了七八名工程师和若干技术工人。硬件设施和场地置办完毕，现在是兵强马壮。

在首次全体员工大会上，涂宏伟自信满满地说："有了这些东西，再给我点时间，将来我给你们每人都买一架私人飞机！"

他扬起右手，又补充了一句："只要你们跟着我混，最差，每人配一艘五十尺的游艇！"

这番话让所有人都有些激动，仿佛成功的画面已近在咫尺。从此，给大家买飞机和游艇，几乎成了涂宏伟的口头禅。

时间又过去了两个月。

其间张小海一直在忙于"3D 爬虫网"的业务，很少有时间去厂房查看研发进度。在平时的电话里，胡亦图的报告时好时坏，一会儿说涂宏伟又有了新的创意，一会儿又说机器还在继续调试。

实在是放心不下，一天上午，张小海决定亲自过去看看情况。

他一进厂房，只见一个三米多高的金属架子摆在正中央。继续往里走，他发现那台原型机似乎又出了故障，几个工人围着它正在调试。

十几个员工在厂房里进进出出，不知在忙些什么。整个车间几乎没有看出一点研发成功的迹象。涂宏伟和胡亦图正在一个打印好的雕像面前商量着什么，他们看到张小海，停止了说话。

"怎么样了？"张小海关切地问道。

涂宏伟说道："这帮人一个个懒得出奇，安排的任务半天也完不成。这老陈，就这点水平还自称专家？有本事，他自己研发一台原型机试试。"

胡亦图在旁边告诉张小海，"老陈"是最近请来的一个工业控制系统专家。

"他这分明就是和我作对，早晚得把他开了！"

听到涂宏伟的抱怨，张小海叹了一口气，不知道该说什么才好。

过了没几天，张小海接到一通电话，对方称自己是公司从成都请来的专家，姓陈。

"总经理，你说说，这件事怎么办吧！"陈专家气愤地说。

张小海有些不明所以，让对方继续说下去。

陈专家克制了一下自己的情绪，说道："涂宏伟说我干得不好，不让我干了。工资还不给我！"

张小海询问了具体情况。原来陈专家设计的一套工控软件，本来已经和机器调联成功，但涂宏伟却认为这软件达不到预想的效果，现在要让他卷铺盖走人。

"他说我这也不懂，那也不行。他那些想法，傻子都看得出来有问题，可他就是不听，太固执了！"陈专家越说越激动，"我再差也是科班出身，基础比他这种'民科'扎实吧？"

"我也不打算干了！惹不起我躲得起。我的工资问题，到底是谁说了算？"

张小海急忙安抚他："你放心，你的工资一分也不会少给的。"又说了不少好话，陈专家才挂断了电话。

长舒了一口气，张小海急忙拨通了涂宏伟的电话。

听张小海过问这件事，涂宏伟愤愤说道："看着他就来气！我给他钱，他就该给我卖力干活，让他干什么就干什么！还不如一条狗听话！"

张小海心里"咯噔"一下。没想到涂宏伟竟然会说出这样的话。

"不管怎么样，不给工资是违反劳动法的，咱们还是要妥善处理。这件事不仅关系到你，而且也关系到大家。我们做事都得有长远考虑。"张小海提醒道。

涂宏伟笑了两声，说道："放心，你们出多少钱，我就办多少事。不会拖累你们的。"

张小海有些失望。涂宏伟的眼里似乎只有钱，丝毫没有人情可讲。

接下来，又有两名工程师因为和涂宏伟意见不合而被赶走。一些技术工人还多次罢工，抗议涂宏伟强制让他们加班，还不给加班费；还有几名工人，因为涂宏伟故意不给他们买五险一金而辞职不干。

涂宏伟给出的理由是，这些人的水平太差，不值得为他们付出这种代价。

时间一长，涂宏伟对员工十分刻薄的事，已被众人所知。考虑到设备研发离不开涂宏伟，张小海和杜若有时只能从侧面劝一劝。但每次涂宏伟都当作耳旁风，根本听不进去。

张小海本想让林海珊做做工作，后来想想还是算了。

林海珊虽然是大股东，但没参与管理，只要公司没出什么大事，她一般不会来过问。如果再给她说这些事，不一定能解决问题，反而让她更加担心。

张小海不得已，只好给胡亦图打电话："亦图，你和涂宏伟待的时间最多，有空劝劝他吧。"

"我也没办法啊。涂宏伟自大起来，谁都不放在眼里。"胡亦图用无奈的语气说道。

　　新团队成立后，张小海和胡亦图相处的时间越来越少，他明显感觉到胡亦图不想蹚这些浑水。想想也是，涂宏伟是公司的第三大股东，又掌握核心技术，胡亦图的股份最少，得罪了涂宏伟，他也没什么好处。

　　而另一个让张小海头痛的问题是，涂宏伟的各种承诺落不到实处。当初说好半年时间研发出大型机，现在快七个月了都没结果。

　　不仅如此，涂宏伟在研发过程中，只要取得一点进展，就开始大肆吹嘘自己的机器功能是如何强大，而且很快就可以实现商业化。

　　大家都知道是什么情况，只是嘴上没说出来。

　　前期各种设备的采购总共花掉了一百多万元。这半年多来，光研发团队的工资，公司每个月就要花费近二十万元，这还没算上房屋、水电、加班费等各项开销。

　　公司账户的资金一天天消耗，张小海急得火烧眉毛。靠着"3D 爬虫网"每月几万元的进账，是填不满设备研发这个大洞的。照着这样下去，剩下的资金恐怕没办法坚持一年。

　　为了节约总体成本，张小海和杜若只好将"3D 爬虫网"所在的写字间退掉，然后在厂房中隔出一个房间，作为网站运营的办公室。

　　"3D 爬虫网"原班人马在私下里嘀咕：涂宏伟的机器不知道什么时候才能研发出来，再这样下去……

　　一番思考之后，张小海打定主意："必须考虑新的融资计划，否则后果难以预料！"

团队寻找融资受骗，张小海调整融资思路

　　张小海继续融资的想法，既源自现实资金的压力，又受到了近期投资大环境的启发。

　　全国掀起了全民创业的高潮，特别是在北上广深等发达地区，创投融资成了非常火爆的事情。美团、滴滴等新兴互联网企业相继获得高额融资，就连科技媒体"虎嗅"都获得了阿里巴巴的投资。

　　这段时间，张小海一直在网上关注各个创业团队的成功融资案例，同时也希望"神笔科技"有这样的运气。但涂宏伟的研发工作看不到实际的成果，他一时也无法找到合适的融资机会。

十月中旬的一天，胡亦图兴冲冲地推开门，快步走进"3D 爬虫网"办公室。他把手机放到张小海面前，兴奋地说道："快看这个！咱们的网站要出名了！"

张小海看到胡亦图激动的样子，接过手机仔细查阅。屏幕上的一条新闻标题，让张小海的心"扑通扑通"狂跳起来。

几个大字赫然写着：最全面的 3D 打印网站——"3D 爬虫网"。

原来，一个国内的知名科技媒体，转载了境外的一条新闻。欧洲最大的 3D 打印电商"iMakr"评选了十个 3D 打印网站。

"3D 爬虫网"被誉为"The most comprehensive 3D printing website"（最全面的 3D 打印网站）。

他们又在电脑上搜索了好几遍，终于确认眼前的一切都是真的！

张小海激动得不知道该说什么好。他握住胡亦图的手，半天不肯松开。他们将这个消息告诉了杜若。

杜若先是愣了一下，急忙问道："真的吗？那真是太好啦！"她高兴得手舞足蹈。

现在的情形，真是天赐良机！张小海心里无比愉悦。经过这一年多的运营和发展，"3D 爬虫网"不仅在中国站稳了脚跟，而且在世界范围内也打出了名气。

张小海看着胡亦图和杜若，信心满满地说道："星星之火，可以燎原。既然 iMakr 给了我们火种，我们就要把它充分利用起来，将整片草原全部点燃！"

二人一下就明白了：张小海打算将这一消息散播开来，从而提高网站的影响力。

他们将这条新闻发布到"3D 爬虫网"之后，又转发到 QQ 群里，引来了众网友的纷纷赞叹，其他行业网站也相继转发。

没过几天，张小海接二连三地接到一些投资机构打来的电话。网站的邮箱也积攒了一堆的未读邮件。

张小海高兴地打开这些邮件，里面的内容大多是邀请他们到北上广深等大城市，参加融资路演等商业活动，大有"人傻钱多速来"之势。

不过，这世界上哪有免费的午餐呢？

张小海和杜若陆续在电话里和一些所谓的投资经理聊了聊，才知道要缴纳一定的报名费，主办方才能帮他们对接风投资金。

还有一个自称是某知名电视台某栏目的负责人说，只要他们出资十万元，就可以参加这档创业节目，并且有机会获得一些知名投资人的投资。

一下子得到这么多的机会，三人高兴的同时，也不知道这些收费的融资活动有没有用。张小海又把涂宏伟叫到办公室，让他一起研究研究。

听完他们的介绍，涂宏伟拍着桌子哈哈大笑。

张小海三人更加困惑。他们看着涂宏伟，不知道是什么意思。

涂宏伟收起了笑容，认真地说道："这些活动，我劝你们还是不要相信，基本都是打着幌子骗钱的。我以前四处找投资的时候，就吃过这样的亏！"

张小海慢慢冷静下来，不过他还是有些不甘心。这么多的电话和邮件，总该有一些是真的吧？

三人翻看了一些邮件，其中有一个位于成都的融资对接活动，对方的要价也不高，每个人只需要缴纳一千二百元的门票。张小海决定和杜若去试试，就算融不到资，也没多少损失，而且成都很近，当天就可以返回。

融资活动的当天，张小海和杜若带上商业计划书去了成都，几经周折找到了举办场地。

主办方名叫"摩根永通"，据说在全国有一百多个办事机构，在投融资界非常有名气。然而，现场的活动却让他们大跌眼镜。

这个带自助午餐的"融资对接会"共分为三个环节：领导发言、成功人士演讲、现场融资洽谈。

会场上，一些不知什么来路的"成功人士"讲述着老掉牙的心灵鸡汤，有一位居然才从监狱放出来，据说是某大型民营企业的前任总裁。

这些人每次演讲到最后，便会宣称，如果在场的创业者或企业家，愿意花三万元至五万元成为他们的会员，就有机会获得融资。

张小海憋了一肚子气。这一上午的"心灵鸡汤"已经把他灌得七荤八素，而现在要获得融资，居然有这么高的门槛。

终于等到融资洽谈环节，一个个创业者被安排到不同的房间，陆续与一些所谓的投资人或机构见面。最后的结局还是差不多，都要缴纳更多的费用。

张小海和杜若相互看了一眼，无奈地摇摇头。他们这才明白，这所谓的"融资对接会"，不过是一场非常隐蔽的骗局。

到了中午，自助餐与普通酒店的标准也没什么区别。二千四百元……张小海和杜若吃得心里直犯堵。

张小海和杜若垂头丧气地回来之后，还没等他们说完，就被涂宏伟嘲笑了一番。

"早就给你们说过了，这些东西都是骗局。哪有那么多的融资活动？你当那些有钱人都是傻子吗？谁有那么多闲工夫来参加这种不入流的融资会！"

涂宏伟笑着摇摇头，转身离开了小公室。

胡小图看了一眼涂宏伟离去的背影，叹了口气说道："还不是因为他！"

张小海郁闷至极地说道："如果到年底还没有机会融资的话，明年我们的处境将会非常艰难……"

他的话虽没说完，但三人心里都非常清楚。现在设备研发一直没见成果，公司又没更多的收入，很难打动正规的投资机构。到时候如果现金流断了，像涂宏伟这种人，大概率是不会和他们共患难的。

张小海有些后悔。他后悔自以为是，不该不听千哥的话。

当初千哥建议他们，要慎重地审视项目，选择可靠的合伙人。可是张小海并没有听……这已经不是他第一次吃亏了。

实在是没有办法，张小海只得再次厚着脸皮找到千哥，希望他能帮忙解决眼下的燃眉之急。

"小海，你的那个 3D 打印项目怎么样了？"电话里，千哥询问道。

张小海有些不好意思开口。他想了想，还是把这半年多发生的事情讲了出来。

千哥叹了一口气，语重心长地说道："早就告诉过你要慎重，慎重，你就是不听！好了吧？这下套牢了，想出都出不来！"

手机冷冰冰地贴在脸上，张小海十分沮丧。

"我也帮不了你呀！虽然我们现在也在做投资，但你们的项目，明显就是一个大坑。再来一千万也救不了你们。"千哥说道。

"还有别的办法吗？千哥。"张小海心急地问道。

千哥沉默了一会儿，说道："其实，也不是完全没希望……

"如果能够遇到靠谱的投资机构接盘，让一些有管理经验的人员进驻团队的话，或许还能再杀出一条血路！

"但难度，应该是非常之大。"

张小海已顾不上有没有难度了。现在就算是让他去上火焰山，他也会毫不犹豫地答应下来。

"您继续说！"张小海急切地问道。

"3D 打印这几年炒得也比较火热，如果运作得好的话，投资方还是有一定机会成功套现的……"千哥边思考边说道。

"这样吧，把你们公司的一些资料发过来。我再仔细研究一下。"

听到这里，张小海不知该如何感谢才好，泪水在他眼眶里打着转。

花了好几个晚上，千哥抽时间帮张小海重新梳理了思路。

"我们先来分析一下现状。"千哥说道。

"有没有赢利模式，或者有没有交易流水，并不是投资决策的必要条件。如果项目具有网络效应、规模效应，那么潜在地在未来就有变现的机会，也可以赢得投资者的青睐。"

张小海想起胡亦图提到的腾讯 QQ 的融资案例，就符合这个条件。

"但你们现在，明显没有。"

千哥继续说："你们网站虽然在行业内有一定的名气，但从全网来看，不过是一个流量不大的媒体。每个月十多台机器的销售也不具备规模效应。

"而机器的研发也没有取得明显的突破，这对投资者来说，同样没有吸引力。"

听到这里，张小海有些灰心："那路不都堵死了吗？"

千哥哈哈一笑，说道："你先听我说完嘛。现在必须要换一个说法。

"从 3D 打印的原理来看，数字模型是关键。没有数字模型，3D 打印机就是一个空壳。如果能建立起一个庞大的 3D 模型库，3D 打印机就能持续获得丰富的数字模型。

"而分布在世界各地的 3D 打印机，通过这个模型库的支撑，就可以采取就近原则打印出各种产品，从而省去物流费用。"

张小海明白其中的道理，心里慢慢变得敞亮起来。

千哥继续说道："这个模型库，可以由设计师群体来维护生成，而'石英砂3D 打印机'如果能直接打印装修产品，这些产品在售卖之后，利益又可以与设计师分成。"

"一旦形成良性循环，网络效应和规模效应自然就可以产生。"

这样的经营方式，整个团队以前从来没有思考过。听到千哥给的这个建议，张小海仿佛又看到了希望。

"因此，如果把现有的项目深度包装，以'设计师平台 + 分布式制造'的概念去融资，想象的空间会比现在大得多。"

千哥建议，团队在融资之前，不妨先用这套逻辑造出声势。

"不过，我要提醒你们，不要抱太大的希望。"千哥最后说道。

"这个方案对于风控严格的机构来说，是不会采纳的。要是我的话，会等你们把模型库建好，设备研发成功之后才会考虑。"

即使如此，这也是没有办法的办法了。

张小海赶紧将千哥的建议整理了出来，并根据这个思路写了一篇文章，题目就叫《3D 打印的颠覆式前景："设计师平台 + 分布式制造"》。

他把这篇文章发到了一些知名的科技媒体网站上，很快便得到了其他媒体纷纷转载，谷歌、百度也将这篇文章收录进去。

没过多久，张小海又陆续接到一些机构的咨询。但这一回，他们不敢再马虎大意了。

张小海、杜若和胡亦图仔细筛选了一番，有几个机构在北京，看起来比较正规，据称不收任何费用。

千哥正好也在北京。大家商量了一下，决定让张小海和胡亦图北上融资，顺便也去拜访一下这位帮助他们多年的大哥。

而这次融资，张小海又会面临什么样的境遇呢？

第五章

神笔科技

张小海修改商业计划书，团队多次融资受挫

十一月的北京，秋高气爽。

经过一番详细而又认真的讨论，"神笔科技"团队重新制订了商业计划书。在这份计划书里面，他们提出转让 20% 的公司股权，换取两千万元的融资款。

张小海和胡亦图来到北京，首先和千哥取得了联系。双方约定，在中关村创业大街的"3W 咖啡"见面。

虽然不是第一次到中关村，但张小海的内心还是有些激动。

当年他上公安大学的时候，周末有时还会到苏州街的银丰大厦去买电脑配件。想不到短短几年，曾经在那里经营的京东电脑商场，已成为全球知名的上市公司。

在这澎湃的创业大潮之中，有多少弄潮儿成为亿万富翁。而中关村创业大街，已然成为众多创业者的圣地。

在他们焦急的等待中，千哥终于在中午出现在"3W 咖啡"。他穿着一身户外运动服，和以前他们见到的照片相比，他看上去更年轻，更富有活力。

"商业计划书带来了吗？我看看。"双方寒暄几句后，千哥亲切地说。

没想到千哥如此务实，张小海赶紧从挎包拿出一份文件，又让胡亦图拿出笔记本电脑。

千哥接过商业计划书，一边翻页一边说道："按照我们的规定，我是不能私下与创业者谈项目的，更不可以亲自指导如何修改 BP（商业计划书）。"

"不过呢……学弟，"千哥笑笑说，"反正我也不会投你们，就当帮帮忙吧。"

张小海半开玩笑地问道："如果您要投资的话，是不是您说了算啊？"

"哪有那么简单。正规投资机构一般都有决策委员。每一个项目，都是要大家投票表决的。"

张小海把上次到成都融资的经历描述了一番。

千哥哈哈笑道："你们啊，真是蠢得可以。有些所谓的投资经理就只是业务员，外行根本不知道他们背后是些什么人。

"判断一个机构是否有实力，有一个很简单的辨别方法。只要他们说自己是FA 的，一般都只是中介。"

"什么是 FA？"

"Financial Advisor，风险投资财务顾问。"

千哥又补充了一句："除了一些个人投资者、天使投资人会来这种小地方见你们，稍微正规一点儿的机构，都是由投资经理接见。如果有意向的话，还会让你们演示 PPT。有时候还要讨论好几轮。"

张小海似懂非懂地点点头："想不到投资界还有这么多的门道。"

"你们遇到的那种，算是好的啦。"千哥继续对二人说，"现在有几个能碰到你们这么傻的？用几张门票钱就收割了。"

张小海挠挠头，脸上一阵发热。

"有些更坏的，他们把创业者的商业计划全盘套出，然后自己再找更好的团队照样做一个！"

"那怎么避免这种情况呢？"胡亦图在一旁听了半天，也关心地问道。

千哥看了他一眼，缓缓说道："很简单，找知名的机构，越知名越好。像红彬资本、IDG（美国国际数据集团）、经纬中国……反正多了去了。人家都是有信誉的，不会为这点破事搞坏了名声。"

千哥把手中的商业计划书扔在桌上，说道："写得太长了，控制在七页以内，突出重点。这五十多页，谁有精力看完？"

二人不好意思地笑了笑。胡亦图连忙打开电脑说："千哥，您看这 PPT 做得怎么样？"

他把 PPT 演示了一番之后，千哥指着上面的文字和图片说："一样的问题，不够精简。想办法控制在十页以内。"

"一定要善于用图表和数据，不要满屏都是密密麻麻的文字。"千哥继续挑毛病，"字体一定要醒目，背景不要太花哨。要用结构化的方式展示内容，重点突出商业模型和框架流程。"

"融资演讲不是做工作报告。没必要讲一大堆套话和意义。"千哥补充道，"投资人只看核心逻辑是否讲得通，看项目能不能带来足够的回报。

"如果在五至十分钟内不能把事情讲清楚，那项目基本上就黄了。有空在网上搜索一下'三十秒电梯法则'，看看人家是怎么演讲的。"

张小海的心凉了半截。来北京之前，他们还专门演练了好几次，想不到居然存在这么多的问题。

"好了，就这样吧。我还有事，先走一步。"千哥喝了几口咖啡，然后匆匆离开了。

张小海和胡亦图回到酒店。按照行程安排，他们第二天要去见第一家投资机构。按照千哥提的这些意见，他们连夜对商业计划书进行了修改。

但改来改去，总是不得要领，PPT仍然用了三十多页呈现。看来融资这件事，不是那么简单啊。张小海叹了一口气。

第二天一早，张小海和胡亦图坐地铁赶到了朝阳区。

那家投资机构名叫"蓝锐投资"，自称相当有实力。来北京之前，对方的投资经理在电话上和张小海认真交流了一番，给他留下了很好的印象。

他们进了一栋大楼，在8层找到了这家机构。

与张小海想象中不同的是，这里并不像以前在电影里看到的那些投资机构，比如很有现代感的场地。狭窄的过道两边，隔着一个个中式装修的房间。几个年龄较大的中年男女，正坐在外面等候。

他们向前台说明了来意。不一会儿，一个身着西装的年轻人带他们到了总经理办公室。

不大的房间里，一个四十多岁的中年男人靠坐在皮椅上。在他面前的暗红实木方桌上，摆放着一棵很大的玉石白菜。

张小海和胡亦图分别落座，拿出带来的文件资料。中年男人听完他们的融资计划后，点燃了一支烟。

"这是我们的李总。"穿西装的年轻人介绍说，"我是你们的投资经理，上次我们通过电话。"

李总接过商业计划书，翻了一下，然后放在一边。

"钱不是问题。"李总跷起二郎腿，吐了一口烟，"你们要两千万是吧？五千万都没问题！"

张小海的心里"咯噔"一下。他看了看胡亦图，对方也一脸茫然。

那位年轻的投资经理笑着解释道："我们以前是搞房地产行业的。在鄂尔多斯那边，还有一大片楼盘。

"这几年我们也想进军高科技行业，贵公司的项目很对我们的胃口。"

大概是看到他们的反应，李总也笑道："我们以前的投资，至少都是上亿元起。两千万？还买不了几块砖！"

张小海这才缓过神来，暗自窃喜一番。有如此实力雄厚的金主撑腰，今后设备研发的事不愁了。

"不过呢，我有一个条件。"李总慢悠悠地说道。

"您说，您说。"张小海连忙回答道。心想只要不让他们干违法的事，什么条件都可以答应。

"我们集团呢，也很想搞个阿里巴巴之类的项目，投资一个像马云一样的人物。"李总并不正面回答他，"你们这个项目，设想确实非常宏大！

"不过呢……"李总停顿了一下，挑了一下眉说，"我们这帮大老粗，没一个懂高科技的。要是你们把钱卷走了，怎么办？"

听他这么一说，胡亦图坐不住了，他站起来说道："李总，我们都是遵纪守法的人，不是社会上的三教九流。"

说着他拿出手机，把以前做的 3D 打印视频播放给他们看。

"嗯。不错不错……"李总看完之后，深吸了一口烟，然后正色道，"这样吧，我也不和你们废话了。五千万，你们把股权质押在我这里，签一个对赌协议。"

"如果那个什么……机器研发不成功，你们就走人。我派人来接管！"

居然还有这种操作？张小海听得心里直发毛。他和胡亦图交换了一下眼神，心里打起了退堂鼓。

"好说好说……"张小海轻声回应道，"我们回去商量一下，过段时间再和您联系。"然后起身向那个李总告辞，和胡亦图退出了房间。

那个年轻的投资经理跟了上来，递给张小海一张名片："保持联络，以后随时来找我。"

二人走出大楼，张小海随即给千哥打了一个电话，千哥没接。他们又商量了一下，感觉这个投资提议风险很大。

"要是设备研发不成功，我们又还不上钱，这些人找黑社会来追杀我们，那可就麻烦了。"胡亦图抹了抹头上的汗水，心惊胆战地说。

张小海觉得事情可能也没想象中那么严重。不过，就像千哥说的那样，这不像是一个正经投资机构。

接连好几天，张小海和胡亦图又和好几家投资机构见了面，不是对方看不上这个项目，就是他们觉得不靠谱。

眼看已经在北京待了一个星期。这天，张小海不得已又给千哥打了电话。

他把这几次融资的情况告诉了千哥，千哥笑着说："这样，我给你们推荐一家。如果还是不行，你们就回去吧。"

到中午的时候，千哥在 QQ 上给他们发来几条消息，说已经和对方说好了，让他们下午去碰碰运气。

"这可是一家全国排名前五的机构,你们得好好把握机会。"千哥最后留言说。

经过这些天，张小海和胡亦图虽然没有融到资，但总算也有了一些经验。他们根据一些投资人的建议，一回到酒店就修改 PPT。改来改去，张小海觉得应该没什么大问题。

下午，他们赶到朝阳区一处中央商务区的大楼，在保安的指引下，上了那家投资机构的 15 层。

这一次，张小海总算看到了一些电影里的画面。

整洁明亮的大楼玻璃窗里，办公区域井然有序，一些身着西装的年轻男女在电脑前伏案忙碌。在一面墙上，挂着一些成功投资企业的 Logo。张小海看了看，找到了一些熟悉的名字。

在一个年轻投资经理的引领下，张小海和胡亦图来到了一处可坐十人的小会议室。没多久，一个头发有些花白的中年男人走了进来。

张小海和胡亦图有些敬畏地从座位上站起身来。据千哥前面介绍，此人是这个机构的合伙人，在投资界非常有名气。

中年男人和蔼地看着他们，示意他们坐下。那个年轻的投资经理倒了几杯水，双方开始正式交谈。

尽管演练了多次，又被其他投资机构"培训"了几遍，张小海还是有些紧张。他磕磕巴巴地把融资计划做了介绍。

中年男人和那个投资经理很有耐心地听着，不时皱皱眉。张小海讲完之后，胡亦图又拿出电脑，把 PPT 通过投影仪作了演示。

"你们的 3D 打印团队，是我见过最具战略思维的！"中年男人微微一笑。

然后他站起身来，对身边的投资经理说："小朱，送一下两位客人。我马上还有一个会议。"

"保持联络。"

中年男子不失礼貌地和张小海二人握了手，然后离开了会议室。

张小海有些失望，但又觉得在情理之中。正如千哥说的那样，这份商业计划书还是有些空洞，缺乏更多实际的盈利案例。

在电梯口，张小海和那个投资经理聊了几句，才知道他是从腾讯跳槽过来的。

"你们的项目，实话说……"投资经理说道，"3D 打印目前虽然炒得很热，但还有很长的市场培育期。"

"我们前期做过大量的调研，几乎没有看到做得好的团队。你们不妨在教育行业试试，目前可能是最大的机会。"

听到这些，张小海想起以前在北门的推广工作，不得不佩服对方的眼光。可现在，他们已经走到了另一个方向，而且不知道什么时候是个尽头。

一错百错啊……张小海叹了一口气。

千哥苦心教导张小海，陌生电话认识周佑全

这次顶级的投资机构也见了，张小海团队的项目仍没被看好。继续在北京待下去，也没什么意义。现在不如早点回到北门，找到更加切实可行的办法。

在离开北京的前一天，张小海和胡亦图请千哥吃了一顿饭。

这么多年来，千哥与张小海非亲非故，仅仅是因为有缘才帮助了他那么多。在饭桌上，张小海喝了不少的酒，一是表示感谢，二是为这几年的投资决策懊悔不已。

"小海，别喝了……"千哥按住他的酒杯。

"人生哪有一帆风顺的事？"千哥安慰他道，"想当年，我从公安系统辞职出来，也是历经坎坷。

"那时候，我什么都不懂。别说投资了，连最简单的业务都不会。财务预算，数据分析，流程分解……人家一个个玩得特好。而我呢？只知道那套老刑侦知识，可又派不上用场。"

"那你……那你后来是怎么成功的？"张小海的脸涨得通红，睁大眼睛问道。

"学习啊。不断地学习各种知识。"千哥继续说，"别人化一小时学习，我就用一天时间。下班后整天关在家里，周末哪儿也不去。"

"我也……我也爱看书，可是……怎么总是学不好呢？"张小海问道。

"看书不能乱看。看书也是有技巧的。"千哥娓娓道来，"要看与工作相关的书籍，一定要与实践相结合。脱离了实践，一切都是空谈！

"我每做一个项目遇到不懂的问题，就会先在'豆瓣'网上找评分高的书，然后买两三本同类的书回来看。看完之后，就将一些观点用于实战，然后复盘。这样进步最快。"

胡亦图也很赞同千哥的观点："我以前也不会做视频，也是一边看一边做。不出半年也会了。"

"不过……感觉有些知识还是很难消化，"胡亦图顿了顿，问道，"而且很多书的观点相左，该相信哪一本呢？"

千哥笑了笑，指着自己的头说道："思维方式很重要。人类的知识是一片汪洋大海，穷尽一生也不可能学完。关键在于，我们要把握住底层的逻辑。

"给你们推荐几本书。《批判性思维》《结构化思维》《系统之美》《金字塔原理》……"

千哥一下说了七八本书，听得张小海头昏脑涨。他硬着头皮睁开耷拉的双眼，说道："太多了，记不住啊。"

千哥哈哈大笑起来："学弟啊，这些都是武学里的'九阴真经'。一旦学会，天下无敌！"

"我现在不想学'九阴真经'。您就说说，我们下一步该怎么办吧？"张小海挣脱千哥的手，哭丧着脸说。

"好。我就说点实际的。"千哥再次拉住他，问道："知道为什么你总是处于失败的边缘吗？"

"为什么？"

"你太单纯了，缺乏对复杂事物的判断能力。别人一说什么项目好，你就立刻相信。既不去认真计算投资回报，又不去分析关联各方的利益关系……"

千哥看了一眼胡亦图，有意无意地说道："这小子比你聪明得多。他知道什么时候踩油门，什么时候踩刹车。

"好了，不说了。回去把你们的项目干好，以后有机会咱们再聚。"

千哥喝完最后一杯酒，表示要撤退了。

张小海被胡亦图搀扶着走出饭馆。他的大脑几乎一片空白，也不太明白千哥刚才说的那些话。

二人把千哥送上出租车。冷风一吹，张小海吐了一地，总算有些清醒。

这一个月以来，他们可以说是寸功未建。回到酒店大堂的时候，张小海十分沮丧。

就在这时，他的手机突然响起。来电是一个陌生的号码。张小海按了拒接键，走进了电梯。

回到酒店房间，张小海给手机充电的时候，才发现那是一个北京的电话号码，他立即回拨过去。

接通之后，传来一个富有磁性的中年男子的声音。对方操着一口标准的普通话。

打电话的人自称周佑全，说是最近看到了张小海写的那篇文章，很受启发。于是多方打听，才找到了张小海的联系方式。

"老弟啊，你那篇文章简直说到我的心坎上了。"周佑全对张小海大加赞赏，"你能把 3D 打印的发展方向说得如此透彻，真是了不起！

"如果你的设想能够实现，将会极大地推动我国 3D 打印事业的发展，缩短和西方发达国家的差距啊！"

听到这样的赞扬，张小海的头皮有些发麻。没想到居然得到这么高的评价。创业这些年来，他从来没见过别人把他捧到这种高度。

一个不太好的念头突然闪过：这人是不是有什么毛病？

但接下来近四个小时的通话，张小海感受到了对方的真诚和一腔报国之心，也被他的创业经历深深打动。

据周佑全说，他是双丰市人，出生于 1977 年。早些年，他跟着几个同乡一起做房地产生意，赚了不少钱。

2013 年 8 月，周佑全和几个做生意的年轻人到上海旅游。有一天，他们正在街上闲逛。路边的一个展会吸引了周佑全的目光。

这是一个与制造业相关的国际性展会，除了一些产品宣传展示之外，还设置了学术演讲环节，邀请了许多国外的专家学者交流演讲。

遇到这样一个参观学习的机会，来自传统工业基地的周佑全自然不想错过。

在一些展厅参观之后，周佑全走向展会的演讲大厅。刚要进去，一名工作人员把他拦了下来。

"不好意思先生，必须出示邀请函才能进入。"工作人员十分客气地对他说。

没办法，周佑全只好先暂时离开，但他却很不甘心。

仔细思考了一番，周佑全马上招呼跟他同行的几个年轻人，在展厅的里里外外做起了义工，到了饭点就买点盒饭吃，吃完了再接着做。

他们就这样干了好几天。主办方有些过意不去，同时也被他们的坚持打动，终于同意他们参加学术交流会，还给每人发了一个工作人员的吊牌。

周佑全一行人找了一处合适的地方，静静地听这些专家们的演讲。越听他的心越是堵得慌。

一个美国专家刚上台，就将中国的制造业现状与世界各国做了比较，罗列了一大堆数据和资料。总而言之核心就是一句话：中国制造业水平不行，中国人不行。

周佑全当时就听得火冒三丈。他憋住气，静静地等到演讲结束。

会议结束后，周佑全大步走到那个发表演讲的美国人面前，十分生气地对一旁的随行翻译说道："你替我问问他，凭什么说我们中国人不行？"

翻译一愣，上下打量了一下周佑全，反问道："你是谁呀？"

他灵机一动，亮了一下挂在胸前的工作证。

"我是上海《新民晚报》的记者，想采访一下他！"周佑全目光犀利地看着对方。

翻译被周佑全的气势镇住了，也没搞清楚他是什么来头，于是就对那个美国人叽里呱啦说了一通。

美国人倒是显得很客气，接受了周佑全的"采访"。

凭借以前的经验，周佑全把中国在制造业上取得的成就和数据，结合美国专家演讲的内容，针锋相对地说了一通。

说完这些，周佑全又故意向对方提了几个回答不上来的问题。

美国专家最开始还能泰然自若地应对，到后面就有些窘迫，最后就只剩下对周佑全的赞许。

中午的会议餐期间，一位哈佛大学毕业的博士向周佑全递上了名片，说很佩服他刚才的行为。在他们的交流过程中，周佑全第一次知道了3D打印技术。

这位博士向他介绍说，3D打印技术在全世界范围内才刚刚起步，美国、德国等西方发达国家已经高度重视。而处在同一起跑线上的中国，如果能抓住机遇大力发展3D打印技术，或许在不久的将来，就可以完成制造业转型升级，实现"弯道超车"。

离开上海之后，周佑全的心久久不能平静。

中国制造业在某些方面相对落后，这是一个客观的事实。可自认为还算有点本事的一个中国人，却只能和外国专家打打嘴仗。

就算赢得了尊严，又有什么实际意义？最重要的是，一定要干出实际成绩。

周佑全查阅了大量资料，越来越觉得3D打印技术的应用前景十分广阔。

经过了几个月的反复思考，他做出了一个让所有人意想不到的决定：放弃原有的生意，将所有的资金和资源都投入到这项新技术上。

听到这里，张小海也吃了一惊，没想到周佑全竟会有如此的胆识和魄力。

"小海兄弟，你知不知道为什么 3D 打印是最先进的制造技术？"周佑全将话题引向更深入的一层。

"为什么？"张小海问道。

"根据爱因斯坦的质能方程，物质就是能量，能量就是物质。"周佑全侃侃而谈起来，"而物质是怎么形成的呢？就是按照一定的信息编码构成的。比如生物的 DNA 序列，就是一种有规律的遗传信息。有了这些编码信息，万事万物才有特定的形态。

"而 3D 打印技术，就是将原料通过数字信息组合起来，直接产生特定的物质。也就是说，未来人类可以将能量进行编码，通过某种方式传输到遥远的地方，然后用 3D 打印机将物质生产出来。

"甚至，我们的肉身都可以出现在宇宙的任何地方。这种颠覆式的技术，将改变人类的命运！"

张小海的酒醒了一大半。虽然他以前知道 3D 打印技术如何先进，但从没有过这样深刻的认知。周佑全在理论上的高度，让他也佩服不已。

接下来，周佑全又花了一个多小时，将他的企业发展战略全盘托出。

在周佑全的高效运作下，仅仅一年半时间，他个人出资四千多万元，在北上广深多个城市组建了研发团队，与国内外一些知名大学结成了战略合作关系，形成了十多个方向的 3D 打印研发体系。

"我们团队名叫'万维空间'，我们计划 2018 年在全国设立三十家分公司。我们要打造世界一流的 3D 打印团队，超过那些美国人、英国人，为国家的繁荣富强，民族的复兴贡献全部力量！"

他在电话里语气坚定、豪气冲天地说。

这一番话，听得张小海热血沸腾，喝过的酒完全醒了。

周佑全宏大的人生格局和战略思想深深震撼了张小海。想到自己有时还会计较成本收益和个人得失，这样小的格局让他深感惭愧。

"我的文章只是一些不成熟的设想，您才是真正实干的企业家！"张小海十分激动地说，"周大哥，您的所作所为，我深感佩服！以后有什么需要我们做的事，您尽管吩咐。"

张小海将"神笔科技"团队的一些情况告诉了周佑全，同时也把这次到北京找融资的经历做了介绍。

"这样啊……"周佑全沉默了片刻，"老弟，时间也不早了，你们融资的事情，我回头好好想想。

"你放心，凡是有利于国家和民族的事情，我都会全力支持！不管怎样，到时候我一定会给你们一个满意的答复。"

凌晨两点，两人结束了这番相见恨晚的通话。

张小海的心情久久不能平静。有道是人外有人，天外有天，今天算是见识到了。

神笔科技资金吃紧，团队获得意外捐助

虽然北京之行没能达到预想的结果，但与周佑全的相识，却让大家有了一种"柳暗花明又一村"的感觉。

回到北门后，一连好几天张小海都在和胡亦图聊这件事。周佑全到底会以什么样的方式来支持他们，二人就像在等待高考发榜，既充满期待又忐忑不安。

只有涂宏伟比较淡定，他脸上露出一丝诡异的笑容，戏谑道："两个白痴……人家就是这么随口一说，你们倒当真了。"

看着涂宏伟还在说风凉话，张小海心想，要不是你这么不靠谱，现在能有这么多的事吗？

此时的张小海，并不想理会涂宏伟。眼下的设备研发像是无底洞一般，账上剩下的那些资金，早晚会被吃得干干净净。

但现在大家不能离开涂宏伟，也离不开涂宏伟。整个公司像是下了一个巨大的赌注，全体股东都在等着设备研发成功。

而涂宏伟除了他那台原型机和一些加工设备之外，几乎没有任何投资。这场赌局如果失败，涂宏伟尚能保本，可张小海、杜若和林海珊只能是血本无归！

时间很快到了 2015 年。春节刚过不久，张小海接到了周佑全的电话。

周佑全告诉张小海，他所在的双丰市，市委领导打算过段时间来"双丰万维空间"视察，他想做一段能反映团队全貌的视频，但全公司没人会做。

"老弟，上次听说你们经常做 3D 打印视频节目。能不能支持一下？派个人过来帮帮忙，食宿路费由我开支。"周佑全说。

张小海很爽快地答应了，然后安排胡亦图去了双丰市。一周后的一天晚上，胡亦图急匆匆地给张小海打了一个电话。

"小海，我怎么感觉事情有些不对呀？"胡亦图用疑惑的语气问道。

张小海不解地问道："出什么事了吗？"

"来这些天，周大哥每天安排人招待我好吃好喝，既不聊视频怎么做，也不多说其他事情，基本上把我晾在一边。真不知道他葫芦里卖的是什么药！"

张小海笑了笑，安慰他说："你别想多了。周大哥在全国布那么大的局，事情一定很多。你先耐心等待一下吧，反正好吃好喝地招待着。等到做完视频，你就赶快回来。"

又过了半个多月，胡亦图终于回到了北门市。

刚进办公室，胡亦图就兴奋地告诉张小海："周大哥果然厉害。他不仅经济实力雄厚，而且办事非常谨慎。"

张小海和杜若赶紧凑了过来，都想听听这半个多月以来发生了什么。

"前一个星期他什么都没让我做，后来我才反应过来，他其实是在观察我的言行举止和为人处世。幸好我没有多少言语，也尽心尽力把视频做完。要不然，不知道会留下什么样的印象呢！"

胡亦图对自己这次的表现，显得十分满意。

张小海想想也对。这么大的一个企业老总，在识人辨才方面，总会有自己的方法。

眼看就到了四月底。一天上午张小海与公司会计对完账，心里愁得要死。他把胡亦图和杜若叫到办公室，三人开了个碰头会。

"现在这情况，很严峻……"张小海神色凝重地说，"八月要是再融不到资，公司就要倒闭清盘了。"

杜若想了想说："能不能想办法再贷点款啊？"

张小海摇了摇头："我和财务那边碰过了，咱们的机器设备值不了几个钱。银行那帮人，向来是帮富不帮穷的。"

"那涂宏伟呢？他能不能想想办法？"杜若问道。

"哼！咱们就不要指望他了。"胡亦图一脸的不满，"他现在倒是不紧不慢地搞着所谓的研发，有时候上午也见不着人。好几次我打电找他，他居然还在家里睡觉！"

三人沉默了一阵。自从众人被涂宏伟拖下水后，公司没一天好日子。而林海珊那边，更不能告诉她实情，否则她也会觉得公司快没希望了。

好几次林海珊过问研发情况，张小海也只能敷衍她说：快了快了，最多还有半年。最近这几个月，他也学会了涂宏伟的口头禅。

"要不，你给周大哥打个电话？"胡亦图看了张小海一眼。

张小海明白胡亦图的意思。他在房间里走来走去，反复回想和周佑全认识的经过。他走出房间，找到一个安静的地方，憋足一口气，拨通了周佑全的电话。

没有过多的寒暄，张小海便心急火燎地说了面临的困境，希望周佑全能帮帮忙。周佑全告诉他，现在正和一个领导谈事，下午给他回话。

张小海焦躁不安地等到了晚上，终于得到了周佑全的答复。

"老弟啊，我看过你们打印的东西，的确很不错。但董事会认为这个项目和我们的发展规划不太一致。所以实在是抱歉，没办法向你们投资了。"

周佑全的声音浑厚低沉，语气十分诚恳。

话已至此，张小海的心彻底凉了。

就在这时，周佑全的话锋一转："不过你放心，你们做的是有利于国家和民族的事情，我说过一定会帮助你们的。这样，我以个人名义捐赠你们三十万元，略表心意。"

张小海一听，就像临死的人被电击活了过来，对周佑全有说不尽的感激。

第二天上午，周佑全很快把三十万元打到了张小海的银行卡上。他告诉张小海，这钱是他个人捐助的，就不走公司的账了。

收到钱之后，张小海马上将这件事告诉了公司的所有股东。听他讲完，大家都对周佑全的举措感到不可思议。

一个素昧平生的陌生人，能够这样无私地支持远在千里之外的一群创业者，只是因为他们有着共同的事业。这种精神该是多么高尚！

又过了一个月。一天下午，胡亦图兴冲冲地走进张小海的办公室。

"小海，周大哥明天要去成都，他说想顺便来看看咱们。"

张小海一听，立即从座位上站了起来："太好了！"

这些年来，除了千哥，周佑全就是自己最大的恩人。现在有机会聚一聚，怎么也得亲自前去迎接。二人简单收拾了一下，决定第二天一早坐动车去成都。

走之前，张小海反复叮嘱涂宏伟，千万要把机器调试好，不能在周佑全面前丢脸。涂宏伟笑着说："放心吧。现在二代机研发基本搞定，这几天都在连续作业呢。"

张小海稍稍松了一口气。涂宏伟这个说辞，倒也不是完全在吹嘘。

最近厂房里面，那个三米高的金属框架，已经安装了不少的机械和电路部件。在办公室上班的时候，他也经常听到厂房里机器运转的声音。

不过张小海还是有些不放心，他给杜若说："你也不要整天待在这间屋里。有时候出来活动活动，把涂宏伟盯紧点。"

第二天在双流机场，张小海和胡亦图左等右盼，终于接到周佑全一行三人。

身材高大的周佑全看上去比实际年龄大很多，一举一动都显露出领袖人物的风范。他穿着一件深色的风衣，在两个助理的陪同下，和蔼可亲地与张小海二人握手拥抱。

"我这次来呢，是去成都的公司看看。"周佑全语气沉稳地说，"上次听亦图兄弟说，北门离成都很近，所以也打算来看看你们。"

张小海激动地拉住他的手说："大哥，您一定要先去北门，再去成都的公司。大伙都盼着您来呢！"

在张小海二人的坚持下，周佑全同意了这个行程安排。回北门之前，张小海赶紧给杜若和涂宏伟打电话，让他们好好把厂房收拾布置一下。

周佑全一行的到来，让公司上下备受振奋与鼓舞。虽然之前周佑全几次强调，不要把他捐款的事情告诉其他人，但心情激动的张小海仍然告诉了全体员工。

在偌大的会议室里，周佑全再次向二十多号人宣讲了他的理念。就连一贯散漫的涂宏伟，也被周佑全的报国激情深深打动。许多员工的眼里都闪烁着感动的泪花。

会谈结束后，周佑全一行参观了"神笔科技"的厂房，涂宏伟向他们介绍了

"石英砂 3D 打印机"的原理，也用最新研发的二代机做了一些演示。

万幸的是，那台新的机器没出现什么问题，整个运行过程还算比较顺利。张小海等人也暗自松了一口气。

忙活了一个下午，不知不觉天就黑了下来。

晚上，团队所有股东与周佑全一行吃过饭后，杜若和林海珊先行告辞回家。周佑全一行邀请张小海、胡亦图和涂宏伟到他们住的酒店，继续喝酒聊天。

在酒店房间里，周佑全对涂宏伟的技术大加赞赏了一番。

"涂大师，"他半开玩笑地称呼道，"我早就听他们说，你是咱们团队里的'首席科学家'。你对自己怎么评价？"

"嘿嘿，科学家谈不上。"涂宏伟用狡黠的目光看了一眼众人，然后大手一挥，"不过可以肯定地说，只要有了我这种技术，就可以撬动亿万的市场。"

"到时候，我给你们每人买一架私人飞机和五十尺的游艇。不要说什么乔布斯、马斯克，统统把他们踩在脚下！"

一帮人都笑了起来。张小海苦笑地摇了摇头。这话要是在以前，他倒觉得有点意思。可现在越听，越觉得索然无味。

"马斯克是谁？我只知道马克思。"周佑全微微一笑，然后拿出一支烟点上。

"美国的企业家，自己掏钱发射 Space X 太空船的超级富豪！"涂宏伟毫不介意众人的笑声，继续高声说道。

"嗯……"周佑全看了一眼涂宏伟，若有所思地点点头。接着，他提了好几个技术上的问题，涂宏伟都信心满满地做了解答。

张小海的心里很不是滋味。经过这一年的合作，他对涂宏伟多少有些了解。而那些貌似专业的回答，大多数都在夸大其词。

周佑全十分认真地听着涂宏伟侃侃而谈，从开始的不动声色，也慢慢变得饶有兴致。不时还在小本上记一些什么东西。

涂宏伟眼睛越说越亮："今后，我还要开发金属 3D 打印机，陶瓷 3D 打印机，水泥 3D 打印机……这些技术太简单了，最多半年时间就可以搞定！"

"很好！以后如果有机会的话，我们可以考虑进行深度合作。"听到这里，周佑全灭掉手中的烟，非常高兴地说道。

忽然张小海有一种不太好的感觉。趁他们继续交流的时候，他离开了房间。他在走廊里踱来踱去，却不知道哪里不对劲。

他给胡亦图发了一条短信。几分钟后，胡亦图也关上门出来，问他有什么事情。

张小海把胡亦图拉到一处安静的地方，有些疑惑地问道："周大哥这次到北门来，还有别的安排吗？"

"你是说……"胡亦图停顿了一下，眼神有些闪烁。

见他欲言又止的样子，张小海不高兴地问："你是不是有什么事没告诉我？"

"也没什么……"胡亦图推了一下鼻梁上的眼镜，小声道："周大哥打电话的时候，语气中好像有来考察我们的意思。"

"什么？他原话怎么说的？"

"他说……他说想过来看看我们几个人能力到底如何。"

张小海有些生气："这么大的事，你为什么不早点给我说呢？"

"他也没说要来投资，当时我就没放在心上。"胡亦图辩解道。

他又冲张小海笑了笑，说道："要是他打算给我们投资的话，不也是一件大好事嘛。"

张小海沉默了片刻。经过这些年的创业，他也慢慢变得谨慎起来。

他皱着眉头，边思考边说道："周大哥的为人，我是十分敬重的。对他那三十万元的捐款，我也非常感激。

"但是如果涉及投资的事情，大家就必须对公司的所有股东负责，按照投资的基本原则和逻辑，认真地进行评估和谈判。"

看着张小海一脸严肃的样子，胡亦图也没再多说什么，点点头表示同意。

张小海和胡亦图回到房间。周佑全一行人和涂宏伟还在继续聊天。初次见面，他们似乎有说不完的话题。虽然已经过了十二点，他们的兴致却没有丝毫减少。

"时间不早了，周大哥也累了一天，不如大家早点休息吧。"张小海向众人提议道。

周佑全点点头，然后和涂宏伟亲切地握了握手。张小海一行人站起身，准备向周佑全等人告别。

就在这时，周佑全叫住了张小海。

"老弟，咱们团队可真是藏龙卧虎啊。公司的具体情况我也大致了解了，现在的研发进展和运营模式都非常好。

"如果大家有兴趣合作的话，我打算向你们投资一千万！"

周佑全投资"神笔科技"，涂宏伟执掌新团队

张小海愣了一下，不敢相信自己的耳朵。前期多次融资失败，周佑全又婉言拒绝，几乎让他失去了找到投资的信心。

看到周佑全投来热情而又真诚的目光，张小海这才明白过来，胡亦图刚才说考察他们的事情，周佑全应该早有准备。

他按捺住自己内心的激动，重新坐回到沙发上。胡亦图和涂宏伟也显得十分高兴，三人都在盼望周佑全给出一个合理的融资方案。

周佑全坐在床上，点燃一支烟，缓缓说道："不过，我有一个条件，我要获得'神笔科技'60% 的控股权！"

张小海一听，头一下就大了，兴奋的劲头还不到五分钟就烟消云散。

周佑全的这个提议，明显是传统投资的思路，并不是风险投资的做法。如果是风险投资，投资方一般不会控股企业，也不会直接参与具体的生产经营活动。

投资方的主要收益不是企业的利润分配，而是投资的资本收益，包括公开上市、股份回购、兼并收购，等等，并会按照一定的估值模型来定价，而不是看初期实际投入了多少资本和实物。

所以按照风投的原则，张小海团队到北京找投资的时候，提出了转让 20% 的股权，融资两千万的方案。虽然没有成功，但至少评估思路是受投资机构认可的。

张小海又拿出纸和笔算了一下，即使是按照传统投资的算法，这个提议也很不合理。

表面上，如果周佑全投入现金一千万，与"神笔科技"成立时的资产六百万相加，总资产达到一千六百万。周佑全提出占 60% 的股份，比账面计算应得比例 62.5% 还少 2.5 个百分点。

但实际上，周佑全并没有考虑无形资产的溢价空间。

经过一年的经营，尽管新机器还没有彻底研发出来，但核心机械、电路电气

已基本完工，团队还申报了四项专利技术，而且"3D 爬虫网"在这一年里也名气大增。整个公司除了固定资产外，现金流已经转化成很多无形资产。

考虑到周佑全对团队的帮助，张小海感到左右为难。毕竟公司也不是他一个人的。

不得已之下，张小海委婉地提出了异议："周大哥，很高兴你愿意投资我们的公司。但是控股这个事情，毕竟不是我一个人说了算。我们会尽快召开董事会，专门讨论这件事情。"

张小海真诚地看着周佑全，希望对方能理解他的苦衷。

此时，周佑全的脸色十分难看。

他沉思了片刻，表情严肃地说："小海兄弟，我提出控股的要求，是因为我必须保证整个'万维空间'体系走爱国主义道路，决不允许公司出现损害国家和民族利益的行为。

"只有对所有的分公司控股，才能从制度上保障'万维空间'致力于振兴3D 打印事业，才能争取早日实现中华民族的伟大复兴！"

张小海再一次被周佑全宏大的格局震撼了。一时间，他竟提不出任何反驳的理由。

没别的办法，张小海只好表示再考虑一下，然后和胡亦图、涂宏伟离开了酒店。

回到公司，三人急忙讨论这件事情。一个多小时过去了，他们讨论来讨论去，最终也没讨论出什么结果。

为了稳妥起见，张小海还在半夜给千哥打了一个电话。然而电话那头没有人接，估计千哥早已经休息了。

坐在办公桌前，张小海皱着眉不停地思考这件事情。

胡亦图在一旁劝道："小海，我看你也就别再坚持下去了。现在的情况，团队的生存才是首要的，接受周大哥的方案也未必就是坏事。"

张小海将双手抬起用力揉了揉脸，长叹了一口气。

此时，涂宏伟的态度却显得十分暧昧。他仍然和往常一样，诡异一笑，露出白森森的牙齿："怎么都行，我听你们的。"

第二天一早，张小海分别给杜若和林海珊打了电话，说了这件事的来龙去脉。

杜若赞成张小海的意见，而林海珊则同意胡亦图的观点。

张小海很能理解林海珊的感受。这件事对林海珊的影响其实是最大的。如果团队的现金流断了，林海珊将什么也得不到。

但接受周佑全的提议，未来"神笔科技"团队将会何去何从，张小海的心里实在是没底。

他现在还抱着一丝希望：如果涂宏伟能尽快将新机器研发出来，说不定还有机会找专业的投资机构。

就在犹豫不决之际，张小海接到了胡亦图的电话。

"周大哥刚才给我打电话了。他十分生气！大哥觉得你伤害了他的感情，他现在就要离开北门市！"胡亦图的话中，透露出责怪的语气。

张小海当然明白这话的意思。

前期周佑全对团队的支持，让所有人都感激不已。而自己居然不考虑这一层因素，完全按照正规的商业逻辑去和他谈事，这难道不是唯利是图吗？

张小海的防线被击溃，最终还是选择了妥协。

在当时看来，这种妥协也未必就是一件坏事。至少周佑全不计前嫌，很快地和他们签订了投资协议。

周佑全似乎早已知道涂宏伟不太靠谱，专门在协议里面加上了一项资金分批到账的条款：

2015 年 7 月 1 日之前打款四百万元现金，如果涂宏伟的机器能连续稳定作业，再将剩下的六百万元作为量产资金投入使用。

张小海觉得这样也有好处。这样一来，涂宏伟多少会感受到一定的压力，促使他能够早点把机器做出来。

不久，重组的公司召开了第一次股东大会。在会上，周佑全提出了一个让大家感到十分意外的建议。

他态度鲜明地提出：由涂宏伟任公司总经理，负责全面事务；胡亦图任公司常务副总经理，接管"3D 爬虫网"的所有业务。

见众人面面相觑，周佑全点燃一支烟，缓缓说道："涂大师是我所见过的，最伟大的发明家！他在 3D 打印技术上取得的成就将会改变人类的命运，我们必须无条件地支持他，为实现祖国的伟大复兴做出我们应有的贡献！"

他扫视了一下众人，又看着胡亦图说："亦图这位小兄弟，是我见过的，最为淳厚的人，要是没有他的帮助，就不会有我们今天的缘分！"

周佑全继续开始长篇大论，从世界格局谈到人类命运，从国家战略延伸到民族复兴，从 3D 打印技术联系到"万维空间"的发展前景。

两个多小时过去了。张小海眉头紧皱，脸色一阵红一阵白。他既为团队的未来感到兴奋，又为自己先前的格局太小而汗颜。

最后股东会还决定：张小海担任公司副总经理，负责政府对接和外联工作；杜若任办公室主任，负责公司日常行政管理；林海珊从原来的董事长、法人代表变为股东会监事。

张小海十分佩服周佑全的宏大格局，内心也十分服从这样的决定。但有一点不得不让他感到担心，那就是让涂宏伟担任总经理。

关于这件事情，杜若也很担心。会后，她找到张小海说："这样的安排会不会有问题？涂宏伟之前的状态大家有目共睹，让他负责整个团队的管理，不知道他还有没有精力继续搞研发。"

想了想，张小海决定还是找周佑全谈谈。

张小海首先十分坦诚地承认了自己的错误："周大哥，之前我把小团队的利益看得太重，忽略了民族大义，险些影响整个团队的发展。我为自己的错误道歉。"

周佑全摆摆手，让他不必在意："你能认识到自身的不足是一件好事，我们只有努力提高自己的格局和视野，才会进步啊！"

张小海连连点头称是。接着，他说出了自己的担心，并指出了涂宏伟工作上的一些问题和不足。

没想到周佑全听了这一番话后，哈哈一笑。

他拍拍张小海的肩膀说道："小海兄弟，你还是格局太小呀！人非圣贤，孰能无过？我作为一个远在千里之外的股东，投资了一千万都不担心，你担心什么？

"如果我们不让涂宏伟挑起大梁，他又怎能全心全意地贡献自己的技术力量呢？"

张小海恍然大悟。让涂宏伟担任总经理的这个决定，实在是太高明了。

事实也正如周佑全所言。自从涂宏伟当上总经理之后，他的积极性一下就调动了起来。

涂宏伟一改之前做事磨磨蹭蹭、马马虎虎的风格，早上终于能按时来上班了，而且对员工的态度也好了起来，像是突然变了个人一样。

还不到八月，涂宏伟就向大家宣布：第二代样机已经研发成功，现在完全可以打印三米见方的大型雕塑件了！

听到这个消息，大家都欢呼雀跃起来。

"我们要到全国各地参加展会，让所有人知道我们到底有多厉害！"涂宏伟厚厚的眼镜片后面，闪烁着兴奋的光芒，"只要你们跟着我混，以后每人一架私人飞机！"

这个快四十岁的中年男人，像是小孩子一般激动地挥舞着双臂。

2015 年 9 月，由北门市科技局组织，涂宏伟和胡亦图带队，一行五人参加了广州国际 3D 打印展会。

在"北门万维空间科技有限公司"的展位上，一个两米高的埃及狮身人面像栩栩如生地矗立在展览台上。

这件展品，无论是大小、外观还是原材料，都让人感到十分新奇。过往的游客纷纷驻足赞叹，围观拍照。

相比其他公司极为普通的产品，这个以石英砂为原料的 3D 打印成品，让人们在建筑装修领域有了更多想象的空间。

其间广东省一些主要领导在展会上视察，也被这座两米高的狮身人面像所吸引。涂宏伟和胡亦图在介绍了打印设备的工作原理之后，还与这些领导合影留念。

展会结束之后，涂宏伟一行人回到北门市。

此时，北门市的一些主要官方媒体，包括电视台、报纸和网站，已经把他们的创业经历和成果连篇报道出来。涂宏伟的创业事迹传遍了大街小巷。

一时间，涂宏伟成了北门市的明星企业家，而"北门万维空间"也成了当地的明星企业。市委组织部人才办、市经信委、市科技局等领导纷纷前来视察。

北门市多年来，一直缺少科技创新团队。在国家倡导的"大众创业、万众创新"的新形势下，这支队伍无疑是一个典型的"双创"标杆！

2016 年元旦，团队受到了自成立以来最高的政治礼遇。

市委书记张仲南亲自带队到"北门万维空间"视察慰问，而当天同样被视察的另外两个单位都是副省级科研所。

在座谈会上，公司团队的高管和一些核心员工受到市委、市政府领导们的鼓励和慰问。

张小海、杜若、林海珊和胡亦图等人都非常激动：艰苦奋斗了这么多年，这回总算是熬出头了！

张小海申请专项资金，涂宏伟研发无人机

公司重组之后，张小海服从管理层的决定，负责政府对接工作。

在周佑全投资"神笔科技"之前，2015 年年初的时候，北门市政府就陆续出台了一系列的创业创新政策，也在发掘和扶持一些创业团队。

早在五月，北门市经信委、科技局的一些领导还到"神笔科技"团队视察过，给他们提出了一些很好的建议，其中就包括申报政府专项扶持资金。

一开始，"神笔科技"团队并不太重视这种事情。他们认为，这些政府资金大概只有凭着关系才能够申请到。普通企业如果没有门路的话，也只是浪费时间而已。

直到"北门万维空间"团队成立，张小海负责政府对接工作之后，他才正式接触到这一项业务。为了搞清楚详细情况，张小海还专门在网上查过一些资料。

为获得更多有价值的信息，张小海再次在电话里向千哥请教。

首先，张小海为上次在半夜给千哥打电话而道歉。

千哥哈哈一笑。他告诉张小海，自己的手机在晚上都会设置成静音模式。张小海的那通电话，他并没有听到。

"没什么急事的话，你也不会半夜给我打电话吧？怎么样，上次的问题解决了吗？"千哥关切地问。

张小海告诉千哥，团队已经找到了投资方，这次是想请教如何申请"政府专项资金"。

"你问对人了。"千哥笑着说道，"在这方面我有一定的经验。国家历年来

对中小企业，特别是对科技型企业的扶持力度，远远超过我们的想象！

"如果你们的方法得当，而且手续正规齐全的话，申请专项资金也是不错的选择。这些资金可以在一定程度上缓解你们的资金压力。你可以看看我曾经写过的一篇文章，《浅谈企业对政府专项资金的申请与规范使用》。"

通话结束后，千哥给张小海发来了链接。这篇文章较为系统地介绍了一些政策和申请方法，给了张小海很多启发。

从2015年下半年开始，张小海就按照一定的时间节点，在网上搜集各级政府部门下发的相关通知文件，并主动向经信委、科技局、人才办等部门填写申报材料。

由于"北门万维空间"团队的确有很多"硬核"技术，并且还取得了很多的专利，张小海提交的申报材料每次都能顺利通过评审。

到了2016年上半年，在张小海、杜若等人的努力下，"北门万维空间"团队陆续获得了四十多万元的"政府专项扶持资金"。

有道是"挣钱犹如针挑土，用钱犹如水推沙"。

让张小海十分头痛的是，涂宏伟对财务管理极不重视。在当了总经理之后，他不仅花钱大手大脚，而且对公司的账目也丝毫不放在心上。

张小海还是总经理的时候，他和杜若都非常重视财务管理，力求每一笔账都做得清清楚楚。

曾经以林海珊为首的董事会，为了全力支持涂宏伟的研发工作，授予当时只是副总的涂宏伟足够大的经费开支权力。

只要涂宏伟认为需要采购什么东西，不管是渠道、价格，还是数量，管理层基本上都会通过涂宏伟的预算方案。

这种方式对于初创的团队来说，的确比较机动灵活。但问题在于，涂宏伟很不重视相关账务规范和操作流程，随意借支、白条冲账、发票不合规等现象时有发生。

在财务人员询问的时候，他还找各种理由搪塞，比如一些淘宝店家不开发票、一些小的五金店只开收据，等等。

财务人员实在没办法，只好给涂宏伟普及财务知识："没发票也行，收据也是可以做账的。只不过没有增值税发票，公司没办法抵扣税点，相应地会增加企业的成本。"

尽管这样，涂宏伟还是照旧我行我素。

后来，在张小海、杜若和胡亦图的强烈要求下，涂宏伟终于有所收敛。但他还是经常认为，财务上的环节太麻烦，影响机器研发效率。

周佑全投资控股新团队后，涂宏伟掌握了公司的财政大权。此时的涂宏伟，真可谓是天高皇帝远。没了束缚的他，行事作风又回到了从前，而且变本加厉起来。

自从涂宏伟担任总经理，整整一年的时间，公司的账目没有一天能够做得清清楚楚，总是缺少各种各样的手续和票据。

还好在张小海的坚持下，管理层对申请到的"政府专项资金"建立专账处理，严格把关每一笔扶持资金的支出。否则的话，公司连政府部门组织的专项审计，都有可能过不了关。

张小海的分管工作取得了很好的成效，团队的其他成员在了解到一些国家扶持政策后，也开始把注意力放到这方面。

2016年3月的一天，胡亦图来到张小海的办公室。

拉了张椅子，胡亦图在张小海旁边坐了下来，有些兴奋地说道："小海，我有一个朋友，现在在做农业项目，人家那生意，现在做得风生水起！"

张小海皱皱眉，不太明白他要说什么。

胡亦图补充了一句："我和那个朋友聊了一下，说是国家每年对农业项目有大笔的扶持资金。"

原来是政府扶持资金的事，怪不得胡亦图这么兴奋。张小海示意他继续说下去。

"我们深入谈了谈。现在开发农用无人机很有前途！既有机会获得国家补助，同时也可以将产品卖给一些农场主或者农机公司。"胡亦图用手指敲了敲桌子。

"现在咱们的加工设备都是现成的，而且涂宏伟以前也研究过无人机，我们完全可以花些零星时间把这个项目做出来。"

张小海听了之后，心里有些不爽。

　　"虽然第二代机器已经研发出来，但稳定性还很差。我们现在又去搞无人机，这样不太合适吧？"张小海问道。

　　不等胡亦图回答，张小海摆了摆手，他并不同意这样的做法。

　　"这件事明显已经偏离了整个'北门万维空间'的研发方向，周佑全和林海珊知道了一定会反对的，出了问题，大家又该如何向股东们交代？"

　　胡亦图似乎早已料到张小海会拒绝，他摇晃着大脑袋说："小海，这事你就放心吧！杜若那边我去做工作，现在公司没有多少收入，相信她会理解的。

　　"林海珊不经常来公司，估计她不会知道。周大哥那边，如果我们统一口径，不让消息外传，他就更不会知道了。涂宏伟现在是总经理，操作这件事情，简直是轻而易举。"

　　胡亦图极力想说服张小海参与进来。这一番话，听得张小海心里直打鼓。

　　眼下的情况，明摆着就是胡亦图和涂宏伟商量好了，来做他的工作。抛开这件事本身的对错不谈，胡亦图这半年来的言行举止，让张小海的心里很不是滋味。

　　还在"神笔科技"时期，胡亦图就十分反感涂宏伟的为人，而且经常向张小海吐槽他的所作所为。

　　现在胡亦图成为常务副总之后，和涂宏伟的关系越来越近，而与合作了两年的张小海和杜若却慢慢疏远起来。

　　看张小海还在犹豫，胡亦图拍拍张小海的肩膀说道："你放心吧，不会耽误正事的。涂宏伟抽点业余时间就搞定了，而且赚的钱还是会留在公司账上的。"

　　虽然总觉得哪里不太对劲，但是张小海再一次选择了妥协。看到他终于同意，胡亦图一拍大腿，心满意足地离开了。

　　没过几天，胡亦图拉着张小海找到杜若。他自认为和杜若是大学四年的同学，而且这几年又在一起创业，杜若应该能够理解自己的想法。

　　但出乎胡亦图意料的是，杜若在这件事情上的态度十分坚决。

　　"我不同意！"杜若回答得十分干脆。

　　胡亦图没想到她会这么说，急忙解释道："这也是为了给公司创收啊，挣来的钱又不会私分。"

　　"这明明就是不务正业！"杜若有些生气，"新机器到现在都还不稳定，你们还有精力去做别的事情？做事不聚焦是创业的大忌。随便你们怎么说，反正我是不会同意的！"杜若双手交叉抱在胸前，杏眼圆睁地看着二人。

"那就投票表决吧！"张小海提议道。他寻思着，要是林海珊也不同意，他和杜若就可以顺理成章地否定这件事了。

于是，五个人临时召开了一场股东会。

会上，张小海和杜若满怀希望地看着林海珊。没想到的是，林海珊居然同意了。

林海珊给出了自己的理由："公司目前并没有太多的收入，搞搞无人机研发，或许有机会获得一些国家的补助。"

看到林海珊如此表态，涂宏伟的嘴角露出一丝笑容。

他点点头说："老胡的这个提议非常有建设性。能从公司的大局出发，想办法多获得一些收入。实在是值得大家学习啊。"

这句话听得张小海直想作呕。心想这半年来，自己为公司争取了那么多的政策资金，涂宏伟都没说过半句好话。他无奈地摇了摇头。

最终，股东会以三比二通过了无人机研发项目。

按照正规程序，会议内容和结果本应该告知大股东周佑全，但是这一帮人却有意无意地省略了这个环节。

杜若虽然一直觉得此事不妥，应该向周佑全报告，但她和张小海商量之后，还是被张小海拦下了。

张小海劝她说："涂宏伟和胡亦图的本意或许的确是为了公司着想。毕竟钱烧了这么长时间，除了网站不多的收入外，公司基本上没有一点儿进账。大家都是一个团队的，如果这事不是出于涂宏伟和胡亦图的个人私利，我们闹到周大哥那里的话，也不利于公司内部的团结。"

这些观点，有些虽然是张小海的主观猜测，但众人确实也面临着困境。

随着涂宏伟研发工作的深入进行，机器出现的问题似乎越来越多。实现商业化和量产也没有一个清晰的时间表。

周佑全最初提供的四百万元资金，到底还能再坚持多久，谁的心里都没底。如果无人机项目能够做成的话，说不定还能缓解未来一段时间的燃眉之急。

从 2016 年 5 月开始，涂宏伟在厂房同时开辟了两条战线：除 3D 打印研发之外，又增加了一个农业无人机项目。

涂宏伟自信满满地告诉大家，这个项目做起来很简单，也用不了几个人手，预计在半年之内就能搞定！

张小海苦笑地摇了摇头。这样的场景，他似乎早在两年前就看到过——那个在涂宏伟口中说了"半年"又"半年"的石英砂打印机。

这一次，涂宏伟依旧是信誓旦旦地说："半年内，无人机项目一定是可以完成的！"

第六章

万维空间

"3D爬虫网"报道竞争对手，涂宏伟决策错误挨臭骂

涂宏伟前二十年的人生，可谓十分坎坷。

他从小就喜欢搞一些小发明、小创造，但由于花在学习上的精力不多，结果高考失利。后来他在沿海一些城市当过工人、做过木匠，过着四处飘零的生活。

而这两年，他的人生却是另一番境遇。

在广州 3D 打印展会一炮走红，涂宏伟这颗冉冉升起的创业明星，自然受到了社会各界的特别关注。2016 年春节后不久，他被推选为北门市南城区政协委员。

现如今，涂宏伟不但得到了"北门万维空间"最大股东的认可，还成为政府部门的座上宾，频频出席各种高端场合，接受各种媒体的采访。

这种巨大的人生反差产生的权力与荣誉的快感，让涂宏伟沉醉不已。

不过，涂宏伟并非真的忘了自己的真实处境，只不过他希望多享受一下当前的人生幻象。过惯了平淡日子的涂宏伟，十分喜欢现在这种前呼后拥的感觉。

他心里非常清楚，所谓的"第二代样机已经研发成功"不过是自欺欺人的谎言。

在广州展会上展示的两米高的狮身人面像，是第一代原型机打印之后组装黏合而成的，并非一次性成型。而周佑全一行来考察时，看到的二代样机也一直不稳定。

其实最开始，涂宏伟并不想去编织谎言，只不过他把设备研发的事想得太简单了。

非科班出身的涂宏伟，只是在机械设计方面有所擅长，他的核心技术也只有打印机的喷头。在这方面，他的确下了不少功夫研究，而且经过了反复的优化。

　　但 3D 打印是一项十分复杂的跨界技术，涉及机械、电子、软件、材料等多种学科，哪一个环节出了一点问题，设备都没办法正常工作。

　　涂宏伟的第一代原型机虽然是一个半成品，毛病一大堆，但勉强还能连续作业。

　　他想当然地认为，把原型机的尺寸放大三倍一样可以运转，至于那些小毛病，随便找几个工程师就可以解决。但他没想到，机器每增加一倍的尺寸，提高稳定性和容错性的难度就要呈几何级地上升。

　　不懂 3D 打印技术的张小海等人一直被蒙在鼓里，而周佑全远在千里之外，更是不知道这些真实情况，还为大家所取得的成绩高兴万分。

　　这些年来，涂宏伟的创业历程犹如坐过山车一般，每到紧要关头，总有新的力量将他托起。从张小海、杜若、胡亦图到林海珊，再到周佑全，他总能将一些无知而又充满幻想的人拖下水。

　　一个谎言需要无数个谎言来掩盖，涂宏伟每走一步险棋，就会面临谎言被人揭穿的风险。而在整个团队里，并不是没有懂技术的人，而且这个人还是核心人物。

　　这个人就是胡亦图。

　　涂宏伟刚认识胡亦图的时候，还有些瞧不上他，认为他不过是一个读过三流本科的文科生。而他们深入接触之后，涂宏伟才发现，胡亦图在 3D 打印技术方面的研究，有些地方并不在他之下。

　　胡亦图也是一个善于钻研的人，很多时候都能一针见血地指出涂宏伟的机器存在的问题。这也是涂宏伟经常担心的地方，一旦他给张小海等人透露实情，涂宏伟那些宏大的说辞就会化为泡沫瞬间破灭。

　　不过，在"神笔科技"时期，涂宏伟发现了一些微妙的现象。

　　每当张小海等人质疑他的技术的时候，胡亦图总能及时站出来帮他打圆场。而当涂宏伟搞一些新的试验的时候，胡亦图总是把他一些零星取得的成果，或者一些不成熟的想法，兴奋地向众人宣布。

　　时间一长，他们二人在某些方面就达成了默契。涂宏伟负责研发，手中掌握着大量经费开支和报销的权力，胡亦图也不时拿一些发票和收据找他冲账。至于是什么样的名目，涂宏伟并不更多地过问。

除此之外，涂宏伟有时也会在下班之后，拉住胡亦图继续讨论问题。胡亦图知道涂宏伟上午经常不来上班，却十分乐意和他一起聊到很晚。每到发工资的时候，涂宏伟填报的加班费里，自然也不会少了这位小兄弟。

有了胡亦图的默契，涂宏伟的压力小了一半。而另一半压力的来源，却是由他自己的性格造成的。

没念过几天正经书，没受过专业训练的涂宏伟，一方面非常自卑，总觉得别人瞧不起他。另一方面他鼓捣出来的那些"发明创造"，有时候看起来还像模像样，这使得他非常鄙视那些只会念死书的学究。而"石英砂 3D 打印机"问世之后，他更是把自己的能力高看到天上。

这种极度自卑与自大共存的性格，让他非常难以与人相处。不管是请来的专家还是普通的员工，三言两语不合，他就会与别人产生矛盾冲突。

不过他只信奉一条原则：这个世界上，没有人会和钱过不去。最简单的管理办法，就是拿钱去砸。但前提是，必须要听话，否则卷铺盖走人。

下面的员工和他相处久了，自然也摸透了他的脾气，适应了这种简单粗暴的管理方式。给多少钱，干多少事，或者不领加班费，就不做事。两年多下来，设备研发进度一拖再拖，与此不无关系。

走到这一步，涂宏伟自己有时候都会觉得尴尬。以他的个性和脾气，要想管理好整个团队，实现内部的有效协同，实在是勉为其难。

不过，既然周佑全给了他足够的权力，他就不能放下。对于涂宏伟来说，近两年是他人生的巅峰，项目连续获得融资，自己当上了总经理，还成了政协委员，小日子过得越来越舒服。

有时候他去参加政府部门组织的各种会议和创业大赛，看到当地其他创业团队，就有一种睥睨天下的感觉：什么最新养鸡技术，核桃育种，垃圾分类……都是些什么破玩意儿，3D 打印机才是真正的高科技！

现在唯一让他不爽的就是，北门市除了"北门万维空间"团队，居然还有另一个团队在搞 3D 打印。

这个名叫"小巨人"的公司，是北京一家食品 3D 打印研发团队在当地的分支机构。当初是由北门市政府的一些领导在北京考察时，作为高科技项目引入的。

这个团队在北门市，以销售 3D 打印机为主。团队虽然人数不多，但由于几个公司的创始人都是名校毕业，而且又有知名风投机构背书，所以在行业内还算是小有名气。北门市的一些主要官方媒体也经常会报道他们。

"没啥技术含量。"涂宏伟经常鄙夷地说，"随便拿一台桌面级机器改一改就都比他们的强。这种小玩意儿，居然能把政府领导哄得团团转！"

2016 年 10 月的一天，"3D 爬虫网"的一个编辑人员来到了胡亦图的办公室。

这位编辑汇报说："胡总，'小巨人'公司的机器似乎存在严重的质量问题。有几十个人买了他们的 3D 打印机，都出现了不同程度的故障。现在他们建了一个 QQ 群，专门在群里讨论如何去维权。"

胡亦图得知后，马上向涂宏伟做了报告。

"哈哈，机会来了。"涂宏伟一拍大腿，"这回要想办法搞死他们！"

涂宏伟通知大家，马上开会！

在会议上，涂宏伟提议道："如果我们能第一时间跟进报道这件事，这将会给'3D 爬虫网'带来更多的流量，还能大大提升网站的知名度！"

胡亦图当即表示赞同。张小海和杜若经过一番讨论之后，提出了反对意见。

张小海指出："'小巨人'公司的机器虽然存在很多问题，但消费者有自己的维权渠道。如果我们出于利己的角度去报道的话，很难做到客观公正。"

杜若继续补充说："作为媒体，应该站在客观的角度，分别采访双方的当事人，不偏不倚地报道，这样才能在用户心里产生公信力。"

涂宏伟伸出一根手指，对着杜若和张小海嘲笑道："你们两个胆小鬼，瞻前顾后的，实在是没出息！"

这句话一下刺激到了张小海，他不服气地回应道："老涂，你要敢拍板，我们就敢干！但是，咱们丑话说在前头，要是后面出了什么事情，你可别尿！"

涂宏伟才不会管那么多。他只要感觉一上来，就敢拍脑袋！

连续一周，他命令胡亦图组织编辑人员，对那个 QQ 群的网友进行采访和报道。在"3D 爬虫网"的影响力推动下，这事很快在业界引起了强烈的反响。

看着网站的流量噌噌上涨，涂宏伟的心里乐开了花，不禁有些飘飘然。

然而没过多久，公司收到了一封来自"小巨人"团队的律师函。对方要求"3D爬虫网"立即停止不实报道，否则将诉诸法律手段维权。

看了这封律师函，涂宏伟并没有把它太当回事。

第二天，涂宏伟接到市政府办公室一位工作人员的电话，称副市长高正阳在过问此事。

这位工作人员说道："高市长要我转告你们，'3D爬虫网'和'小巨人'都是本地非常优秀的科技创新团队，有什么矛盾不可化解呢？非要闹得双方都不愉快！"

涂宏伟这才发现事情闹大了，不但可能让公司面临法律风险，而且居然还惊动了市里的主要领导。

他急得像热锅上的蚂蚁，又赶紧召集大家开会。

张小海说道："这件事既然敢做，也没什么好怕的。只要我们能够站在消费者的立场上，公平公正地报道，如果手中的证据能够站得住脚的话，我们就应该抗争到底！"

头一回碰上这种事，胡亦图实在是不敢拿主意。他对在场的人说道："我觉得这件事必须要向周大哥通报一下，看看周大哥是什么意见。"

好你个胡亦图……涂宏伟暗暗骂道。平时大家都在一条船上，风浪来了就急着上岸。

他看了一眼杜若，她正在漫不经心地玩着手机。看来也别指望她了。

涂宏伟的心气降了下来，慢吞吞地说道："这个事情……的确是我没考虑周到。现在也不是没有挽回的余地……可以先看看情况再说。至于周大哥那边，暂时还是不要去惊动他……"

他心想先给大家服个软，等想好处理办法再来讨论。可这个提议无人响应，偌大的会议室一片沉默。

爱咋地就咋地吧！涂宏伟气鼓鼓地宣布散会。然后到车间继续搞他的新发明去了。

这天晚上，涂宏伟接到了周佑全的电话。不出所料，周佑全在电话里把他一通臭骂。

"你白痴啊？谁都知道冤家宜解不宜结。做生意最重要的是和气，和气生财你懂不懂！

"这么长的时间，不但机器没研发出来，还给我搞这么大的事，连政府领导都惊动了。赶紧把所有文章都撤了！"

说完，周佑全气愤地挂断了电话。

无人机项目研发失败，张小海一时冲动道真相

最近一年多，"北门万维空间"的研发进度让周佑全很不满意。

去年九月，团队参加广州3D打印展会的消息，曾一度让周佑全兴奋不已。

按照他原来的设想布局，虽然"万维空间"在全国有了塑料、金属、木材等3D打印技术，但都还未形成商业化，在同行业内并不占优势。

这次展会上，"石英砂3D打印机"引起了国内的广泛关注。这给了周佑全很大的信心，他越发认为，自己投资控股"神笔科技"是完全正确的。

在最初认识张小海的时候，周佑全并没有觉得"3D爬虫网"有什么投资的价值，而且在他的印象中，北门市这种小地方，怎么可能有很强的技术研发团队。

直到胡亦图在双丰市帮他制作视频，给他展示了涂宏伟的机器打印的成品照片，他才认真研究了3D打印技术在建筑装修领域的应用，并且对张小海团队另眼相看。

涂宏伟的发明确实相当少见，而且看似发展空间十分巨大。

从那时起，周佑全就开始打算投资"神笔科技"。但该如何掌控这支千里之外的团队，他需要好好琢磨琢磨。

在张小海一帮创业者中，很明显涂宏伟才是核心关键人物，只要能赢得涂宏伟百分之百的信任，整个"万维空间"的发展就会再上一个台阶。

另一个成员胡亦图，周佑全从最初的接触就判断此人十分听话。只要给涂宏伟和胡亦图一定的权力和地位，周佑全就能对他们遥控指挥。

而张小海则有所不同。虽然周佑全每次在打电话的时候，此人都会像他们第一次通话那样，耐心地听他讲上三四个小时，"万维空间"的远景规划、战略布局、人才构架……

但在上次来北门的谈判中，他直觉判断张小海是一个爱较真的人，不太容易掌控。所以在团队重组的时候，周佑全决定将张小海放在一个更次要的位置，以削弱他在团队的影响力。

这些就是他内心自鸣得意的驭人之术。

至于杜若和林海珊，两个小姑娘的能力和作为有限，周佑全并没有放在眼里。

第一次股东大会之后，张小海出于对团队负责的态度，向周佑全说出了涂宏伟的真实情况。

而周佑全的判断却是，虽然涂宏伟可能存在一些问题，但张小海在背后打小报告，动机明显不纯。这让他更加坚定了决心，要拔高涂宏伟和胡亦图的地位。

然而周佑全没料到的是，涂宏伟的贪婪、自大、随性超出了他以往对人的认知。涂宏伟不但敢说大话，而且做事不择手段。

涂宏伟经常承诺的"研发只需要半年"却一次一次往后跳票。他还经常告诉周佑全，机器这里需要改进，那里需要完善，研发又遇到了意想不到的困难。前期投入的那四百万元，也烧得差不多了。

而胡亦图，这个被周佑全视为心腹，被誉为"最淳厚"的人，提供的消息也时好时坏。

有时候，胡亦图会报告说：新机器取得了重大突破，涂宏伟又有了新的发明。什么陶瓷 3D 打印、金属 3D 打印……技术十分先进，而且研发过程很简单，只需要半年就可以研发出原型机。

有时候，胡亦图也会打一些小报告。一会儿说涂宏伟做事很随性，想怎么干就怎么干，丝毫不和自己通气。一会儿又说涂宏伟和下边的员工闹翻了，员工都不听指挥……

而这些消息让他一阵开心，一阵生气。

当然，这些都是周佑全以前知道的事情。但是涂宏伟私下研发无人机，他却一直被蒙在鼓里。

无人机项目立项之后，涂宏伟在一个无人机论坛上发了招聘信息，陆续从外省招了四个员工。

这些人都是无人机爱好者，虽然他们学历不高，其中一个才只有初中文化，但据说他们都做过好几架无人机，经验十分丰富。

有了这个项目，涂宏伟仿佛又重新回到了小时候。研发无人机的过程，就像是一场趣味游戏，涂宏伟身处其中，每天过得十分欢乐。

基本上每天上午涂宏伟都会睡到十一点，而后慢悠悠地来到公司。然后组织那帮无人机爱好者做各种各样的试验，燃料测试、飞行测试、操控测试……欢声笑语，好不热闹！

只是那个初中文化的小孩实在没办法用电脑制图，涂宏伟只好让他干点杂活儿。

像这样的情况，一直持续了近半年的时间，这个项目最终还是受到了重挫。

在一次飞行试验中，无人机飞到半空时发生了爆炸，一帮人眼睁睁地看着一堆残片冒着白烟散落在远处的田野里。幸好租的厂房位于城乡接合部，要不然当地又会多一个重大责任事故。

事后张小海给涂宏伟和胡亦图算了一笔账，连同材料和新员工工资，公司多付出了近四十万元的成本，上半年的政府补助收入基本上都填进这个坑了。

在众人一致吐槽下，涂宏伟终于悻悻地宣布结束这个项目。

而让所有人继续郁闷的是，涂宏伟早在2014年5月承诺的"半年出成果计划"再次泡汤。

第二代3D打印机像巨人一样站立在宽大的厂房，庞大的身躯仿佛充满了能量，可每隔三四个小时它就得停下来休息。

机器的控制系统、传动系统各种不稳定，让所有人都不知道该如何彻底解决。一个反复修改了三年多的控制软件连基本界面都没有，人员操作的时候，还需要打开几个文本文档修改参数。

尽管如此，涂宏伟的小日子依然过得很愉快。

夏天来的时候，谁也不知道他从哪里搞来一艘二手冲锋舟，然后隔三岔五地带着研发团队的小兄弟们去嘉陵江边冲浪。机器虽然没有冲出亚洲走向世界，但涂宏伟毕竟兑现了让每个人坐游艇的诺言。

而涂宏伟打算买私人飞机的梦想，也随着缓慢的研发进度降低了一个档次。他买了一辆心仪已久的春风150NK摩托车，每天工作两三个小时就出去兜风。

虽然这辆摩托车只花了一万元，但每当涂宏伟穿着皮衣、戴着墨镜出现在众人面前的时候，他那拉风的造型引起的一片赞叹，让他顿时就有了一种驾驶湾流G550 的感觉。

而远在千里之外的周佑全，对这一切全然不知。

当然，周佑全不会关心，也不想关心这些事情。他的格局自认为远远超过常人，如果连这些小事都要由他来过问，哪还有精力去实现中华民族的伟大复兴？

周佑全每年每月，甚至每周基本上都在全国各地奔波。他经常会受到一些地方领导的接见，或是主动去拜访一些高校的教授和科研人员。

与这些高端人士在一起，他们可以畅谈 3D 打印的未来。这种统筹全局的美好感觉像吗啡一样，长期维持着他的兴奋状态。

"万维空间"体系用了四年的时间，在全国建立了十五家公司，耗资近上千万元，却没有发布和销售一款成熟的机器。

尽管如此，周佑全仍坚定地认为，好的产品需要花时间耐心打磨，坚持下去最终会取得胜利。团队的具体管理更不是什么大事，放手让这些年轻人自己去摸索和试错，终究会锻炼队伍、培养人才。

但眼下让周佑全郁闷的却是，涂宏伟这小子居然捅了一个大娄子，让他不得不亲自过问这种鸡毛蒜皮的小事，太不让人省心了。

周佑全骂完涂宏伟，又给胡亦图打了一个电话。

"实在不行，把网站关掉！"周佑全糟糕的心情仍没有平复，"你们现在尽全力搞机器研发，别再给我整出什么幺蛾子了！"

胡亦图一听，也有些蒙了。毕竟"3D 爬虫网"已经有了几百万用户，他们运营了几年才取得了这样的成果，网站就像是自己的孩子一样。

要关掉"3D 爬虫网"，胡亦图实在是不忍心。于是，胡亦图如履薄冰般向周佑全提出了不同意见。

周佑全想了想，最后说道："那就看情况再说吧，先把涂宏伟惹的事处理好！"

过了几天，张小海通过胡亦图知道周佑全的想法后，也相当郁闷。这件事因涂宏伟而起，却要"3D 爬虫网"来背黑锅，甚至可能面临网站被关闭的后果。

晚上，张小海怀着忐忑不安的心情，给周佑全打了一个电话，将整件事情的来龙去脉讲了一遍，希望周佑全能够继续支持他们的网站。

和往常一样，周佑全在电话里跟张小海又谈了两三个小时。从民族大义谈到世界格局，从中国发展方向到宇宙永恒不变的真理……

最后，周佑全安慰张小海道："'3D爬虫网'是我们著名的宣传阵地，是整个'万维空间'一面高高飘扬的旗帜，是行业内凝聚人才的大海！

"这么重要的平台，怎么能说关就关呢？放心吧，我一定会全力支持的！"

张小海再一次被深深地打动。一想到周佑全超越常人的格局和气魄，他瞬间觉得自己渺小得就像一粒尘埃。

在张小海的心中，周佑全就是他人生最敬仰的导师。此时的张小海，再也不想隐瞒什么了。

"周大哥，我对不起您……"张小海在电话里哽咽道，"您为我们共同的事业付出了一切……但有件事我却一直瞒着您……"

张小海这一激动，情绪就很难再收回去。于是，周佑全听到一件令他十分震惊的事情。

周佑全听完以后，挂断电话，足足沉默了一分钟。

周佑全大力整治管理层，胡亦图关闭"3D爬虫网"

2016年11月15日，无疑是"北门万维空间"团队成立以来，气氛最为沉重的一天。

偌大的会议室里，周佑全一支接着一支地抽着烟。

一帮年轻人垂头丧气地坐在宽大的会议桌前，默不作声地接受周佑全的训斥。

首当其冲的，自然是总经理涂宏伟。

这几年，周佑全畅想的"万维空间"集团，雷声大雨点小。

四处布局的3D打印公司，虽然很多都涉及主流研发方向，但都没有任何实质性的进展，收入更是少得可怜，整个体系都在依靠他以前的老本输血。

涂宏伟的机器，就像是久处黑暗中的一丝亮光，曾一度给周佑全带来了希望。

周佑全常常把"石英砂 3D 打印机"的照片发给一些地方领导，并信心十足地称，哪个地方要是能给"万维空间"足够的支持，他就能带来创新科技和就业机会。

半年前，周佑全在外考察的途中，偶然遇到了一位乌乡县的县领导。在交谈过程中，这位领导也被周佑全宏大的格局所折服。

不久，该县的领导班子研究决定：可以为"万维空间"免费提供一个三千平方米的厂房，并且三年内免征税收。但前提条件是，周佑全要在乌乡县成立公司，并且要把"石英砂 3D 打印技术"引入该县。

有机会获得这样优厚的待遇，周佑全自然十分高兴。

他告诉涂宏伟和胡亦图："接下来，我们要在乌乡县建立'亚洲最大的 3D 打印中心'，大家要把握这次来之不易的机会，抓紧时间研发！"

可周佑全万万没想到的是，涂宏伟和胡亦图居然一直在背地里搞别的事情！

"你们这是严重的机会主义！"周佑全深吸了一口烟，腾起的烟雾笼罩在他的周围，却掩盖不住他心头的怒火。

"涂宏伟，我给了你足够多的时间和耐心，可结果呢？你给我整的那是些啥破玩意儿！"

一口浓重的东北话，从周佑全的口中蹦了出来。

涂宏伟的脸色惨白。他不敢抬头看周佑全，更不敢说一句话。他小心翼翼地朝胡亦图看了一眼，胡亦图也低着头默不作声。

捻灭了手中的烟头，周佑全长出了一口气："从今天起，后续的投资款，改成每个月到账三十万，直到机器真正能实现量产。"

这个决定，周佑全来北门之前就已经和胡亦图商量好了。

周佑全在电话里斥责胡亦图的时候，胡亦图告诉周佑全说：无人机的事情是涂宏伟一个人做出的决定。身为副总，他也只能听从附和。而下一步，只有在一定程度上限制涂宏伟的开支，他做事才会有紧迫感。

这个办法或许可行。然而，让周佑全最为恼火的是，眼下这帮人居然都知情不报，整个团队近半年的时间竟然一直处于失控状态！

他绝对不允许这种事情再次发生。现在，他必须要拿一个人问责，杀鸡儆猴，好好整治，否则以后还如何管理。

"张小海、杜若、林海珊，你们明明知道情况，为什么一开始不阻止？"周佑全严厉地质问道。

虽然三人都被点了名，可周佑全的目光却一直朝向张小海。

"张小海，这事过了半年才向我汇报。你以为我不知道你心里打的什么小算盘？"

张小海有些蒙，他不知道周佑全这句话到底是什么意思。

周佑全一拍桌子，大声说道："少拿这一套来对付这帮一起创业的兄弟！"

听到这话，张小海像是被人打了一闷棍，顿时有些晕头转向。他既为自己当初没有采取正确的行为而感到后悔，又为周佑全对他的指责委屈不已。

涨红着脸，张小海看着周佑全，嘴里却说不出一句话来，委屈的眼泪掉了下来。创业的这几年，张小海什么苦都吃过，却唯独没经历过这种莫名的责难。

杜若和林海珊见状，都帮着张小海解释，但是周佑全根本就听不进去。最后，他做出了一个让所有人都吃惊的决定。

"好了，都别说了！"周佑全厉声说道，"从今天起，张小海从副总经理降为普通员工，后续的工作由涂宏伟安排。

"林海珊作为监事，对公司日常工作监管不力，现在解除你的职务，监事一职交由胡亦图担任！"

没等大家发表意见，周佑全便起身离开了会议室。

张小海坐在会议室沉默良久。他实在是想不通周佑全为什么这样决定。

一帮人耷拉着脑袋也都不说话，仿佛还被一股强大的气场压在座位上。杜若看看众人，也转身走出了门外。

在厂房车间，杜若单独找到周佑全，希望他能够公平公正地对待张小海。

杜若从与张小海的相识谈起，讲述了这几年与张小海的创业经历，肯定了张小海的人品。之后，杜若又指责了涂宏伟的所作所为，说出了胡亦图组织无人机项目的事实。

周佑全非常认真地听完这一切，却什么话也没说。

在离开北门市之前，周佑全让涂宏伟立下军令状：必须保证在 2017 年 4 月之前，完成新机器的研发，并且实现量产！

　　除此之外，周佑全还向涂宏伟和胡亦图交代了一件事情：解除杜若办公室主任的职务，马上给她办理离职手续，只保留她股东的身份。

　　看到他们疑惑的眼神，周佑全冷冷地说道："杜若大肆攻击其他管理层成员，人品有严重问题，留着不利于队伍的团结稳定！"

　　所有人都知道，张小海和林海珊，是因为涂宏伟而被降职，现在又要把杜若开除掉……

　　涂宏伟心情很是复杂，无论如何都不想亲自处理这件事。他和胡亦图商量了好几天，最后决定让张小海去劝退杜若。

　　硬着头皮，胡亦图把这件事请告诉给了张小海。

　　张小海不相信周佑全会做出如此荒唐的决定。他愤愤地说道："我被降职还有一定的道理，可开除杜若算是怎么回事？"

　　他拨通了周佑全的电话，想询问到底是为什么。

　　然而，周佑全却显得毫无耐性："你以后有什么事，直接找胡总和涂总，不要越级向我汇报！"

　　说完，周佑全挂断了电话。

　　张小海顿时愣在了原地。他终于意识到，周佑全对自己的态度已经发生了巨大的转变。但具体是什么原因，他无论如何都想不出来。

　　迈着沉重的步子，张小海将这件事情告诉给了杜若。

　　杜若非常难过。几年的辛苦创业，最后却落得个这样的结果。一想起周佑全、涂宏伟和胡亦图的所作所为，杜若就感到心灰意懒。

　　杜若叹了口气，说道："咱们还是公司的股东。有周佑全这个最大的投资人撑着，整个团队也不是没有希望。

　　"可我是实在没办法和这些人再合作下去了，现在退出也不见得是一件坏事。正好，我也可以休息一段时间。"杜若像是尽力在宽慰自己。

　　"我打算回天津去了。毕业三年多来，还没怎么回去看看。"

　　过了几天，杜若办理了离职手续。自此，张小海、杜若和林海珊全部退出了管理层。

临别之际，三人在一起吃了一顿饭。

张小海的眼泪在眼眶里打转。他还记得第一次见到杜若时的样子，梳着一根整齐的马尾辫，充满了蓬勃的朝气；还有北门师范大学的校园，他们无数次走过的湖边小径……

"别难过了，小海……"杜若也有些哽咽，她安慰道，"你们俩还可以在这里继续创业……"

林海珊苦笑着摇摇头，说道："这些年来，我也好累，好辛苦……"

"珊姐，都是我不好，连累了你。"张小海内疚地说。

"不能怪你。要怪，就怪我自己太贪心……"

又过了半个多月。一天上午，胡亦图找到张小海。张小海正在电脑前撰写一篇文章，他已经被划到了胡亦图的部门，成为一名网站编辑。

胡亦图说道："小海，我接到周大哥的通知，他要求我们全力以赴研发机器。现在'3D 爬虫网'已经没有开办下去的必要了……"

"什么？"张小海再次感到震惊。

他还记得上次周佑全信誓旦旦地保证，要继续支持他们的网站。可现在为什么又变卦了呢？

拿起电话，张小海决定要找周佑全问个清楚。

"你怎么到现在还不明白？"胡亦图急忙拉住他，"你从一开始就和周大哥对着干，现在还要违抗命令，这对你能有什么好处？"

张小海苦笑了一下，摇了摇头。他终于看清楚了眼前的形势。

胡亦图已经不是过去那个满腔热情，甘于患难的创业伙伴了。他现在是公司的监事、副总经理，公司的二把手。

不管这个团队谁来当老大，只要他紧紧跟着周佑全，就永远不会吃亏。周佑全才是如来佛祖，是那个真正掌握公司命运的人。

可是，张小海始终没弄明白，为什么那个曾经和蔼可亲的周大哥，从最开始对他高度赞扬，进而给他资金上的支持，到现在竟然对他如此冷漠。

这种转变难道真的是胡亦图说的，自己伤害了周大哥的感情吗？

2016 年 12 月 20 日，"3D 爬虫网"迎来了它最后的日子。

早在一星期以前，胡亦图就发布了一则公告：本网站因公司内部原因，无法继续维持运营。给各位用户带来的不便，我们深表歉意……

张小海最不愿意看到的局面，终于还是出现了。

胡亦图拍拍张小海的肩膀，说道："也别难过了。虽然我也很不愿看到这样的局面。但周大哥这样做，肯定有他的道理。"

张小海点点头，不想再说什么。他知道，胡亦图早已经和周佑全穿上同一条裤子了。

胡亦图大概早已经忘记，当年他是如何熬更守夜，一个代码一个代码地写出了"3D爬虫网"的第一个版本。

胡亦图大概也已经忘记，这些年来，他们和杜若是如何废寝忘食，精心维护网站的。

而胡亦图发布的那则公告，不过是由一些冷冰冰的官方措辞构成。张小海为"3D爬虫网"的首页保留了最后一张截图，然后写了几句话，发到了微信朋友圈：

曾经我们的青春，就这样被埋葬。曾经我们的热血，就这样被空耗。我们努力前行了三年零八个月，现在它已经完成了历史使命。"3D爬虫网"，一路走好！

不久，朋友圈里无数人给张小海点赞，很多留下了充满遗憾的问候。当他把消息发布到QQ群里，众网友也是一片唏嘘和疑问。

业界另一个著名网站，"南极熊3D打印网"也发来一篇短讯，向曾经的竞争对手表示惋惜：

"小编曾经也浏览过这个3D打印领域的垂直网站，做得还不错，就这样倒下了。创业九死一生，实在不易。南极熊向3D爬虫网致敬！"

亚洲3D打印中心建立，林海珊加入"北门万维空间"

对于张小海来说，"3D爬虫网"的关闭无疑是他历次创业中遭受的一次最大的打击。

被降为普通员工之后，张小海逐渐认清了一个基本的现实：在原先的管理层，他既没有涂宏伟掌握的核心技术，又不如胡亦图真正懂3D打印业务，并且善于揣摩上意。

或许在周佑全心目中，他和杜若、林海珊一样，也只是一个出过钱的普通股东，并没有什么特别之处。至于他写的那篇文章，其核心思想也只是千哥提出来的。而这一点，可能胡亦图早已告诉过周佑全。

眼下，张小海的心里还存有一丝幻想：如果能深入钻研 3D 打印技术，某一天周佑全才会对自己另眼相看，真正重视起来。

不仅如此，他还面临着一个非常尴尬的局面。

"3D 爬虫网"曾经是他在团队立足的根基，哪怕成为网站编辑，他都还可以发挥作用。如今网站没了，他也就失去了利用价值。而以涂宏伟的为人，自己大概和杜若的结局一样，是要被扫地出门的。

因此，当涂宏伟把他安排到设备研发车间，当一名杂工的时候，张小海毫不犹豫地答应下来。

原先张小海和研发部门的员工接触不多，很多人只知道他是公司的高管，对他也还算客气。如今他从副总经理的位置上跌落下来，一些人自然也就不再把他放在眼里。

不过，张小海并不在意有些人对他的颐指气使。当下最重要的，是尽快深入学习相关技术，重新发挥自己的价值，赢得其他人的尊重。

事情说起来简单，可实际上根本不是那么容易。

3D 打印涉及多种学科和技术，这些对于刑侦专业出身的张小海来说，每一种都像天书一样。而那些车床、钻床、铣床、数控中心，他就更不会操作了，连一个普通技工都不如。

就这样，张小海在苦闷之中度过了一周。每天的主要工作，就是帮车间里的专家和员工搬搬东西，搭搭架子，打扫清理杂物。

最后连胡亦图都看不下去了，他给涂宏伟建议，让张小海加入了测试组，测试第二代机器的稳定性。

工作内容倒也简单，每天守在机器旁边，拿个小本记录机器出故障时的各种参数，然后交给涂宏伟等专家分析。

没多久，张小海总算弄清楚了"石英砂 3D 打印机"的一些基本原理，也知道了什么地方容易出故障。

2017年春节休假之后。一天下班前，涂宏伟把车间所有员工叫到一起，说是要宣布一件重要的事情。

"告诉大家一个好消息！"涂宏伟站在一处高台上，兴奋地挥起大手，"我们'万维空间'在乌乡县建立了一个亚洲最大的3D打印中心！

"周总说了，让我们加班加点完成二代机最后的研发工作。从今天起，各组每天延长三个小时工作时间。测试组的同事轮两班、倒昼夜开展工作！"

众人一听集体炸了锅，纷纷撂挑子不干了。

"你们搞什么中心，关我们什么屁事！"

"两班倒？还要不要让人活了？"

涂宏伟一下慌了神。这番话不仅没提高人家的积极性，而且起到了反效果。张小海在下边也是又好气又好笑，这就是涂宏伟平时管理的结果。

"大家安静一下！刚才是我没说清楚。这三个小时的班不是白加的，是有加班费的！"涂宏伟急得脸青面黑。

下面的员工们都聚在一起，你一句我一句地继续质问道：

"加班费怎么算啊？是不是双倍工资？"

"管饭不？不管饭不干了！"

涂宏伟想了想，立即宣布了一个政策：加班费每天三十元，餐费补贴十元。好说歹说把众人安抚了。

说完之后，涂宏伟跳下高台，急匆匆地从人群中脱身。

张小海一把抓住他，问道："老涂，你刚说的那个亚洲3D打印中心，是什么情况？"

自从张小海把无人机的事情告诉周佑全之后，涂宏伟就对他非常冷淡，二人更是很少说话。

见涂宏伟欲言又止的样子，张小海说道："我至少还是公司的股东吧，重要的事情，是不是应该让我知道一下？"

涂宏伟悻悻地告诉张小海，周佑全已经成立了"乌乡万维空间科技有限公司"，乌乡县政府提供了一个三千平方米的厂房。

"老周要我们把原型机尽快调试好，生产六十台机器给那边发过去。"涂宏伟说，"最近我忙得很，过段时间还要到东莞去考察零部件供应商呢。"

"六十台？"张小海担心地问道，"咱们账上现在还有这么多钱吗？"

张小海心里算了一下。从 2015 年 7 月周佑全的第一笔款投资四百万元到账，这一年半的时间，这些钱已经所剩不多了。

按现在的机器成本十五万一台算，后续六百万的投资款也只够生产四十台。这二十台的资金缺口从何而来？这还不算后期的员工工资。

张小海说出了自己的疑虑。涂宏伟回答道："钱的事情，你就不用操心了！周佑全说了，他会想办法的。"

张小海不好再说什么，点了点头。

"你不知道胡亦图吧？"涂宏伟补充了一句，脸上又露出一丝诡异的笑容，"上周已经被调到乌乡去了，当那边的董事长兼总经理，现在正在帮周佑全招兵买马呢。"

"什么？"张小海自言自语，"怪不得最近没见到他……"

涂宏伟拍拍他的肩膀，笑着说道："你呀……以后跟着我好好混吧！"

晚上十点多钟，除测试组之外，其他员工都走了。张小海和另一个员工留在机器旁边，还在继续做稳定性测试。他戴着口罩，不时检查各个部件的运行情况，一发现问题就记录下来。

这时，一个人出现在半明半暗的车间里，向他们的机器走来。那个员工碰了碰张小海。他抬头一看，原来是林海珊。

自从林海珊辞去监事一职之后，已经很久没来过公司了。张小海摘下口罩，连忙从工作架上走了下来，问道："珊姐，你怎么来了？"

林海珊站在原地，低着头，也不说话。

张小海感觉很奇怪，走到她旁边，轻轻地问道："怎么了？出什么事情了吗？"

只见林海珊身体开始颤抖起来，伴随着轻微地啜泣。她再也抑制不住，眼泪大滴大滴地从脸颊滑落。

张小海把林海珊拉到办公室坐下，给她倒了一杯水，询问到底发生了什么事情。等到林海珊的情绪稍微有些缓和，她把今天遇到的事情告诉了张小海。

下午的时候，林海珊在自己的安防公司。正当她在办公室忙碌的时候，一群人突然冲了进来。这些人个个都是膀大腰圆，满脸横肉，一看就不是善茬。他们不断质问林海珊，知不知道她的合伙人郑崇明的去向。

林海珊与他们交涉中，才知道郑崇明在外面赌博，欠下了巨额赌债。这些人是专门要账来了。她试着先稳住这些人，然后给郑崇明打了几个电话，但是一直没人接听。那些要账的人也急了，走的时候，他们把办公室的桌椅电脑砸了个稀烂。

林海珊吓坏了，又接着给郑崇明打电话，可还是打不通。林海珊想了想不对劲，急忙查看了公司银行的账户。让她吃惊的是，账上的四百多万元早已不翼而飞了。她这才醒悟过来，郑崇明欠下巨额赌债，卷走了公司的所有资金逃走了。

林海珊报了警。警察给她做了笔录，她这才从派出所出来。

"我现在算是彻底破产了……"林海珊痛哭起来，"我在北门无亲无故，郑崇明又跑了。我实在是走投无路，才过来找你……"

张小海拿出纸巾递给她，连忙安慰她道："珊姐，别难过了。事情既然已经发生了，就想办法解决。你放心吧，我们一定会帮你的。"

张小海劝慰林海珊到深夜，然后将她送回家。

第二天下午，张小海在电话里把这件事告诉了杜若。杜若对林海珊的遭遇也非常同情。

"林海珊的安防生意做不下去了，'北门万维空间'目前是她唯一的企业。"张小海说道，"我们是不是应该想办法帮帮她？"

"小海，我走之后，公司不是还缺一个办公室主任的职位嘛，"杜若建议道，"你去给涂宏伟做做工作，让她接替这个工作试试。"

张小海来到涂宏伟的办公室。

最近涂宏伟被盯得很紧，他现在几乎每天都会在公司里待着。按照要求，他还要把当天的研发情况以电子文档的形式报给周佑全。

看到张小海进来，涂宏伟问道："小海，有什么事吗？"

张小海把林海珊的事告诉给了涂宏伟，并提出了杜若的建议，让涂宏伟务必帮忙。

涂宏伟微微皱眉，似乎在思考什么。

其实大家都非常清楚，涂宏伟当年四处找投资人的时候，要不是林海珊的大力支持，团队不可能会走到今天，而涂宏伟更不可能取得今天的地位和成就。

"没问题。"涂宏伟十分爽快地答应了，然后又补充了一句，"最近正好有很多文档需要处理，专项资金审计工作也是一堆事情。你让她尽快来公司报到吧。"

2017 年 3 月初，涂宏伟宣布，新的一台二代样机研发成功！

涂宏伟改变了设计思路，将原先完整打印变成分段打印，使得机器的稳定性大大提升。经过三周时间的连续作业，机器打印出了一个三米多高的关公像。

经过上色之后，这座雄伟的关公像手持大刀矗立在厂房中央，栩栩如生，霸气十足。

公司全体上下一片欢腾，纷纷和关公像合影。张小海和林海珊也非常激动，经过这三年的漫长等待，胜利的曙光仿佛就在眼前！

涂宏伟等人很快接到了周佑全的通知，立即带队赶赴广东东莞采购六十台机器零件，并将零件发往"乌乡万维空间"。

临行前，涂宏伟与张小海、林海珊等人搞了一个小小的庆功宴。

"林主任，感谢你对我工作的支持。"涂宏伟笑着对林海珊敬酒道。

最近涂宏伟的心情十分愉悦，对林海珊的工作也非常满意。公司不但机器研发成功，而且也顺利通过了政府的专项审计。

林海珊和涂宏伟也客套了一番，然后问道："我前几天才问了会计，现在公司账上只有不到四十万现金了，这六十台机器……"

涂宏伟喝了几杯酒，脸上微露红晕。他漫不经心地说道："这个你放心，周老大自然会想办法。"

接着，涂宏伟又补充了一句："这六十台机器是我们卖给'乌乡万维空间'的，到时候合同你给把一下关。"

张小海在一旁边问道："那这次我们应该可以赚不少钱吧？"

"赚个毛线啊！"涂宏伟抱怨道，"周佑全说了，支持兄弟公司，以内部成本价结算。"

酒足饭饱之后，涂宏伟又拉着他们说了一句："我不在家的时候，就靠你们了，有什么事情，及时给我打电话！"

技术资料被转移，张小海、林海珊幡然醒悟

然而，让人意想不到的是，涂宏伟等人到东莞去了不到一周，新机器再次出现故障。这次是因为一些石英砂从砂箱里漏出来，把机器底层的一根传动皮带给磨断了。

没办法，众人只好再次把机器大卸八块，准备重新安装调试。

张小海帮着卸零件的时候，旁边的冯工程师抱怨道："我早就给涂宏伟说过，这种设计有问题。他就是不听！"

冯工程师是"神笔科技"时期最早的那批工程师之一，是涂宏伟花高薪从广东一家机械厂挖过来的。两人经常在设计理念上发生冲突，但最后他常常还是顺着涂宏伟。

张小海和大家忙碌了一上午，休息的时候，他出门买了一包烟，递给冯工程师。他们坐在厂房外的台阶上，就机器的问题聊了起来。

"实话说，咱们这机器，真不是啥新鲜意儿！"冯工程师抽着烟，慢悠悠地说，"早在八年前，我就在国外的一个网站论坛上见过。原型机，一样的成型原理。"

见张小海一脸疑惑的样子，冯工程师继续说道："只不过没真正实现商业化之前，人家不愿意对外公布和展示。"

"涂宏伟的特点，你是知道的。"冯工程师看了张小海一眼，"胆子大，敢吹嘘！"

张小海在测试组工作这几个月来，多少也知道了一些机器出故障的原因。不过他并不认为有什么太大的问题。如果知道故障出在什么地方，想办法解决就行了。

"你认为以涂宏伟的能力和性格，他能彻底解决机器所有的问题吗？"冯工程师问道。

张小海低着头，默不作声地拿着一块小石头在地面画着。这个问题不需要回答，涂宏伟的管理能力和协作能力，大家心里非常清楚。

"你看看，这二代机搞了多长时间了？从我进公司就在弄，到现在都没办法真正稳定作业。"冯工程吐了一口烟说。

"我在机械制造行业待了快二十年了，还从来没见过哪一家公司像我们这样，没有成熟的管理体系，没有一个像样的统筹规划，甚至连标准的流程线路图都没有！

"涂宏伟只要一拍脑袋。好吧，下面一帮人都只能跟着瞎忙活。"

张小海安慰他道："咱们现在不是还处于创业期嘛，有些地方不完善，也可以理解……"

"创业期，哼！"冯工程师打断张小海的话，"你见过哪家创业公司这也做，那也搞的？

"二代机的问题都没彻底解决，涂宏伟还三天两头地搞别的试验。一会陶瓷打印，一会水泥打印，一会金属打印。还有那个什么乱七八糟的无人机，浪费了多少钱！"

冯工程师这一吐槽，就滔滔不绝起来。

"我最多待到今年年底。再也不想和涂宏伟这种人打交道了。"冯工程师灭掉手中的烟，"这样下去，公司有什么前途？"

张小海拉住他的衣服，皱皱眉说道："机器不都研发成功了嘛，皮带那点小毛病，很快就可以解决的。再说了，周总的'万维空间'还是很有实力的。"

"没那么简单的，小海。"冯工程师向远处扔了一块小石头。

"皮带可不是小毛病。砂箱漏砂，磨损皮带，这是基础构架有问题。现在整体设计方案都定下来了，已经出了图纸。要改的话，可能要推翻重来！"

张小海没想到问题有这么严重。

"还有那个什么周总，我并不看好他。别看他讲话大套大套的。"冯工程师继续说道，"他把制造业想得太简单了。

"前几天胡亦图给我打电话，让我把所有设计图纸和数据发给他，说是周总要看看。这种外行，怎么会看得懂？"

张小海还是想继续挽留他："3D 打印行业还是有前途的，目前都已经纳入国家战略发展规划了。"

"你们这些小孩啊。哈哈……"冯工程师哑然失笑，站起身来。

他拍拍张小海的肩膀，说道："老百姓才不管什么高科技。你去买辆汽车，会关心是用什么技术做的吗？车只要开不动，就没人会去买！

"就说咱们这种机器打出的雕塑产品，成本比传统工艺还贵，有什么竞争优势？"

这些话让张小海深受启发。他以前从来没想过这样朴素的道理。原以为只要是高科技产品，就会受到人们的欢迎。看来不管什么先进技术，最终都要接受市场的检验。

到了晚上，张小海给涂宏伟打了一个电话。把白天机器的情况给涂宏伟做了汇报，还把胡亦图找冯工程师要图纸的事情说了出来。

涂宏伟在电话里沉默了一阵："搞什么名堂？"

但他好像又不想再说什么，只是告诉张小海，周佑全现在催他们催得很紧。原先计划将六十台机器所有的零件生产好后，统一发到"乌乡万维空间"，现在改成分批发送，能装安一台是一台。

"周大哥要得这么急啊？"张小海问道。

"他能不急吗？吹那么大的一个牛，'亚洲最大的 3D 打印中心'！听说过段时间市县两级的领导就来视察了。"涂宏伟说道。

张小海心里直想笑。这两个人说大话的本事半斤八两。如今王八绿豆对上了眼，还相互看不上。

又过了一个多月。一天下午，张小海刚来公司上夜班，就看一群人围着新研发的二代机指指点点，又是拍照，又是录像。

冯工程师被围在中间，不断伸手阻拦，但这些人还是继续做他们的事情。张小海以为是电视台的记者，走近一看，居然好久不见的胡亦图也在人群里面。

张小海一把拉过胡亦图急忙问道："你什么时候回来的？这是怎么回事？"

胡亦图拍拍自己的衣服，气鼓鼓地说道："周大哥派我过来的。涂宏伟发了二十台机器零件到我们公司，到现在一台都没办法打印。我倒想看看，他在里面搞了什么鬼！"

张小海心里十分不爽。才去了乌乡几天，就成"你们"公司了？

但他并没把这话说出来，而是心平气和地对胡亦图说道："前段时间这边的新机器也出了问题。你们检查一下，看是不是皮带和其他传动系统出了故障。"

"哟，不错啊。"胡亦图上下打量了一下张小海，"现在也成专家了。"

张小海不想和他计较。他转身就走到一个僻静处，给涂宏伟打了一个电话。

"行了，我知道了。老冯已经给我说过了。"涂宏伟在电话里说，"让他们拍吧。我们过几天就回去了。"

张小海又返回厂房，只见胡亦图拿着一份文件，正在和林海珊交涉。

"看清楚了啊，这合同上的第十条。"胡亦图一本正经地说道，"如果机器没办法正常打印的话，我们是不会付款的！"

林海珊一脸赔笑，又不停地向胡亦图解释。张小海实在看不下去，把她叫到一边。二人走进林海珊的办公室，商量如何应对这件事。

"这是些什么人啊？"张小海问道。

林海珊叹了一口气，说道："据说是胡亦图带来的一些专家。有个好像还是什么大学的教授。"

"对了，胡亦图什么时候当上那边公司董事长的？"林海珊不解地问道，"他不是咱们公司的人吗？"

张小海摇摇头说："据说是'万维空间总部'调他过去的。都有好几个月了。"

林海珊沉默了一会儿，也不好再说什么。

胡亦图第二天就带着人走了。一周以后，涂宏伟和其他员工陆续回到了"北门万维空间"。

涂宏伟刚到公司，就把张小海和林海珊叫到他的办公室。二人将最近公司的情况做了汇报。

见四下没有外人，涂宏伟压低了声音对他们说："那二十台机器，肯定是没办法运行的！"

"为什么啊？"林海珊一脸茫然。

涂宏伟点燃一支烟，瞪着眼睛，十分确信地说道："你们还没看出来吗？他们又是拍照，又是录像，还让老冯把图纸和数据传给胡亦图，说是周佑全要看，目的就是为了转移技术！"

张小海的心里"咯噔"了一下，但他还是不太明白。

"这个……"张小海讷讷道。

"你傻啊？"涂宏伟叼着烟，一脸不屑地问道，"咱们公司和乌乡公司是一家吗？"

林海珊对张小海解释道："公司现在还能正常运转，靠的就是涂大哥的专利技术。如果这些技术被转移出去，我担心……"

张小海这才意识到问题的严重性："这件事，胡亦图清楚吗？"

"他这条狗腿子会不清楚？这些事情都是他替周佑全办的。"涂宏伟的眉毛都竖了起来，愤愤地说道。

"我们又没有乌乡公司的股份。照这样下去，这公司早晚会成为一个空壳！"

"那现在怎么办？"张小海深深地叹了一口气。

没想到这几年合作下来，现在竟然又走到危险的境地。他太相信周佑全了，居然能被他宏大而又华丽的言辞迷惑这么长时间。

涂宏伟神秘地笑了笑，对张小海和林海珊说道："放心，我才不会让他们轻易得逞！"

"早在你们被踢出管理层时，我就意识到有问题。周佑全表面上那么信任你，居然还把矛头指向你。"涂宏伟看着张小海说。

"他目的就是想让我们内斗，然后从中掌控大局。"

张小海想起无人机的事情，脸上也有些挂不住。

"放心吧，我是不会和你计较的。你们都曾经帮助过我，谁坐这个总经理的位置，大家还不都是一样赚钱。"涂宏伟大度地说道。

"只是……"涂宏伟停顿了一下，脸上露出愤恨的神情："周佑全把胡亦图调到乌乡当董事长，事先也没和任何人商量。"

张小海也附和说："是啊，我也不知道。"

"本来我也不会计较什么。两家公司嘛，各走各的账。他们给我钱，我就给他们发货。直到老冯把一些图纸和数据发给胡小图，我才醒悟过来，周佑全这老鬼到底要干什么。

"我辛辛苦苦搞出来的技术，他想就这样给我弄走？做梦！"

啐了一口，涂宏伟接着说："那些东西不值什么钱。关键的核心技术，还在我的电脑里。"

听到这里，张小海才缓过一口气来。唉……真是知人知面不知心，幸好涂宏伟留了一手。要不然，大家这几年的辛苦努力就全白费了。

涂宏伟嘴角勾起一抹笑容，露出白森森的牙齿，十分得意地说："你们看着吧，他那二十台机器要是修不好，最后还得找我。

"我得让他知道，这技术离了我涂宏伟，他周佑全就干不下去！无论到了哪里，'技术总监'的位子都一定会是我的！"

第七章

大结局

千哥帮忙分析局势，众人商量应对措施

四月的天津，随着天气的回暖，风也大了起来。入夜，海河的岸边高楼林立，霓虹闪烁，来往的车辆徐徐驶过宽阔的路面，三三两两的人们漫步在街头。

君临天下大厦的不远处，恢宏的摩天轮闪着亮光，在静谧的夜色下缓缓转动。大厦的一处房间内，杜若正坐在电脑前，洁净的玻璃窗映衬出她美丽的脸庞。

算下来，杜若离开北门已经快半年了。这段时间，她先后去了欧洲好几个国家。

她在卢浮宫欣赏了著名的"蒙娜丽莎"和"胜利女神像"，到花之圣母大教堂感受了"天国之门"的庄重神秘，又在圣马可广场邂逅了那些可爱的鸽子。

在欧洲期间，每当杜若看到那些雄伟细腻、生动传神的雕塑，她就会想起北门那个让她爱恨交织的创业团队。

直到她去了因特拉肯，领略了阿尔卑斯山的雄壮美丽，在湖光山色中享受了一番宁静祥和，她的心才完全平复下来。

回到天津后，杜若帮着父母打理了一段时间自家的青年旅舍。经过短暂的休息，她在一些招聘网站上投递了自己的简历。

由于具有多年创业投资的经验，不久，杜若收到了北京一家知名互联网公司的邀约函。经过面试，她顺利成为这家公司的战略投资部的经理。

这天是周末，杜若回到了天津的住所。

杜若平时忙起来，也就什么也顾不上了。闲暇的时候，她会偶尔想起张小海，那个愣头愣脑的傻小子。

对杜若来说，张小海的真诚、善良、执着是最吸引她的地方。曾经张小海讲述小时候骑自行车的经历的时候，他那股不服输的劲头让她佩服不已。

当张小海盛情邀请她加盟"荆州烤鱼店"的时候，他那闪亮的眼睛再一次感动了她。而在后来的屡次创业当中，张小海敢于担当的品格和精神，更让她认识了什么是真正的男子汉。

不过，张小海身上的一些优点一旦被别人利用，往往会变成他致命的弱点。他与别人合作的时候，会尽可能地相信对方，容忍对方的缺点，有时甚至会毫无原则地妥协。

易涛、陈迈勇……张小海在这些人身上吃过不少亏，而后来与涂宏伟、胡亦图等人的合作，更是被坑之后而未觉。

但总的来说，人无完人，瑕不掩瑜。

她曾经向他暗示过爱意，但他像一块木头一样。唯独一聊到创业的事情，他就跟魔怔了似的停不下来。

下午的时候，张小海又打来电话，向杜若通报了公司最新的情况，陈述了他和林海珊的观点：

眼下公司的形势非常严峻，周佑全试图通过胡亦图转移公司的技术，而涂宏伟则想利用手中的技术和周佑全较量。涂宏伟尚且还有自保的筹码，但是杜若三人之前投入的资金和努力都可能付诸东流。

如果"石英砂3D打印技术"从"北门万维空间"转移出去，而周佑全又不继续提供资金的话，公司连基本的运转都难以维持，很可能变成一个空壳……

每次听到这种坏消息，杜若心里就一阵发紧。

这么多年一路走来，他们不知遇到了多少不靠谱的创业者，又打败了多少"小怪兽"，可现在甚至连胡亦图都……早知道创业如此艰难，还不如先前找个好工作，找个好男人算了。

可她又不忍心看到张小海一个人苦苦挣扎。

杜若平复好自己的情绪，捋了捋头发，冷静地打断他："小海，你就说下一步，我们怎么办吧。"

"我晚上八点约了千哥，"张小海在电话里说，"我用微信建一个群，到时候用语音聊一下，让他再给我们出出主意。"

也只能这样了。杜若望着窗外，无奈地一笑，然后挂了电话。

约定的时间已到，杜若在电脑前开启了语音。不一会儿，张小海把她拉进一个群里，里面已经有三个人的头像。

花了大概半个小时，张小海把事情的前后经过向千哥做了介绍。杜若和林海珊又分别进行了补充。

没多久，耳机里传来了千哥的声音。

"小海，你们现在的处境十分危险！

"如果我的分析没错，你们现在已经被周佑全当成了弃子。一旦'北门万维空间'的核心技术被转移出去，这个公司对周佑全来说就已经没用了！"

这个判断，和下午张小海告诉她的基本一致，杜若的手脚一阵冰凉。

"现在我们能做的，就是找到周佑全做事的各种漏洞，用这些漏洞来中止他的阴谋。"

三人安安静静地听着，谁也不敢说一句话，也不敢发出一点声响。

千哥沉默了片刻，好像在思考什么。

"从法律上讲，'乌乡万维空间'和'北门万维空间'是两个不同的法律主体，具有各自独立的法人资格。"千哥开口说道。

"周佑全虽然是'北门万维空间'的法人代表，最大的股东，但他也无权将'北门万维空间'的专利技术转移到'乌乡万维空间'！"

张小海回应道："也就是说，周佑全私自将我们的专利技术转移出去，从法律上说是并不被允许的？"

"对，就是这个意思。"千哥继续说，"作为多家'万维空间'公司的法人代表和控股股东，周佑全在公司治理上，是极度混乱的。

"我想，周佑全可能自己都没弄明白。各地的'万维空间'公司，既不是'万维空间总部'的子公司，也不是分公司。

"首先，你们'北门万维科技有限公司'，周佑全是自然人股东，而不是一个法人股东。"

张小海问道："法人股东是什么意思？"

"法人股东也叫单位股东，是以公司名义占有其他企业股份的股东。如果'北门万维科技有限公司'是某一个公司的子公司的话，那么周佑全的股份，应该由这个公司持有。"

"哦……明白了。"张小海说。

千哥继续说道:"其次,也根本没有'万维空间总部'这么一家公司。关于这一点,下午小海给我打了电话之后,我专门用'天眼查'软件查了一下。"

林海珊问道:"那分公司和子公司有什么区别呢?"

千哥解释道:"子公司是独立法人机构,独立承担民事责任,进行独立财务核算。分公司则不是,分公司只是总公司下属的分支机构。"

"那这些,说明什么问题呢?"杜若皱皱眉,感觉好复杂。

千哥继续解释道:"周佑全以'万维空间总部'的名义向某一家公司下达指令,这种行为是非常荒唐的。有任何重大决议,应该召开董事会或者股东大会决定。

"胡亦图作为'北门万维空间'的员工,在没有和公司解除劳动协议的情况下,又被所谓的'万维空间总部'任命为'乌乡万维空间'的董事长兼总经理,是不具备法律效力的!

"而且'北门万维空间'公司和'乌乡万维空间'公司,明显是两家关联公司。"

千哥提高了声音,说道:"给你们普及一下《公司法》,我照着给你们念一念。

"第二十一条。公司的控股股东、实际控制人、董事、监事、高级管理人员不得利用其关联关系损害公司利益。违反前款规定,给公司造成损失的,应当承担赔偿责任。

"胡亦图作为'北门万维空间'的监事,公司高管,在周佑全的指挥下,转移'北门万维空间'的专利技术到其他公司,已经严重违反了《公司法》!"

最后,千哥给三人建议道:"针对这些问题,必要的时候应该及时召开股东大会协商解决,实在不行,甚至可以诉诸法院。"

千哥把这些道理给杜若三人讲完之后,就退出了群聊。杜若和张小海、林海珊继续通过群语音商量对策。

"我们可以用法律手段来解决眼下出现的问题!"林海珊提议道。

张小海说:"可是,如何取证是一件很麻烦的事情。我们现在基本接触不到公司的运营和日常管理。所有的东西都由周佑全和涂宏伟把持着。现在不管是核心技术、财务还是人事方面,我们都十分被动!"

看来，张小海对使用法律手段，基本不抱任何希望。

杜若想了想，说道："这件事也关系到涂宏伟，我们可以联合涂宏伟去告他！"

张小海说道："涂宏伟这个人，现在估计正想尽一切办法来寻求自保，好让周佑全不会真正抛弃他，我们大概是指望不上他的。"

林海珊有些绝望地说："那我们现在就没有一点办法了吗？"

三人沉默片刻之后，杜若说道："你们都忘了一个人，他或许可以解决这个难题。"

"谁？"张小海和林海珊同时问道。

"胡亦图。"杜若回答道。

杜若这样说，她的心里是有一定把握的。

上大学的时候，杜若与胡亦图接触得不多。有时候她会在教室里听到他和一些男生谈论如何玩游戏；周末的时候，她偶尔也会与他在校园里相遇，得知他通宵上了网吧。

总的来说，胡亦图是一个很普通的男生，性格还算比较沉稳。据说他来自一个工人家庭，而学习成绩也只是在中游。

直到有一次，学校组织英语演讲大赛，杜若才改变了对胡亦图的印象。那次比赛，英语成绩向来很好的杜若，因为感冒嗓子失声而失去比赛的机会。

有一天，胡亦图找到杜若，让她帮忙修改演讲稿，杜若才知道他也报了名。一个能写不能讲，一个能讲不能写。于是，两人就临时组成一个小团队，开始一路过关斩将。

最后一场决赛，众人的演讲题目是"I have a dream（我有一个梦想）"。这个最早出自马丁·路德·金的演讲，几十年来已经被全世界的人们所熟知，很难再讲出新意。

但最后，胡亦图的演讲却深深地打动了评委，获得了第一名。

他讲的是自己妈妈的故事。胡亦图的妈妈曾在一次车祸中失去了双腿。有一个小男孩在过马路的时候，一辆大卡车向小男孩冲过来，胡亦图的妈妈勇敢地将小男孩推开，自己却倒在了血泊之中。从此，胡亦图的梦想就是，有一天妈妈能重新站起来，他可以带着妈妈环游世界。

当胡亦图向张小海介绍生物3D打印技术的时候，杜若瞬间就明白了胡亦图想追求什么。

可现在，胡亦图却偏离了航向，越走越远……虽然杜若不知道是什么原因，但她希望胡亦图只是一时糊涂。

杜若决定给胡亦图打一个电话，希望他能迷途知返。

机器无法运行挨骂，杜若给胡亦图做工作

一大早，胡亦图就来到厂房，指挥员工装配机器零件，或对已装好的机器进行打印测试。涂宏伟发来的另外四十套机器零件正在装配，但令他着急的是，装配好的机器和前段时间装配的二十台一样，没有一台可以正常使用。

前天他刚从"北门万维空间"回到乌乡，就连夜对手中的录像和照片进行分析。他熬了一个通宵，把一些图纸和数据进行了对比，但仍没有发现什么异常的地方。

昨晚，胡亦图再次向周佑全进行了汇报，没想到周佑全不但没骂涂宏伟，反而把他一通臭骂。

"你们这些废物！连这点小事都搞不定！"周佑全十分生气地说道，"一对K！"

周佑全坐在酒店房间的沙发上，一边抽烟一边和他的两个助理打牌。

"下个月市县两级的领导就要过来视察了，居然到现在都没把机器调试出来，搞什么名堂？"

胡亦图站在旁边，唯唯诺诺地答道："周总，我估计还是涂宏伟那边出了问题。正常情况下，不可能一台机器都没办法打印。"

"我不管，既然让你过来当总经理，出了问题就该你负责！"周佑全看也没看他一眼，继续打牌，"涂宏伟那边，你自己去协调。王炸！"

胡亦图退出了房间，心情十分沮丧。他没想到前期看似正确的选择，现在把自己推到一个进退两难的境地。

在第一次来乌乡之前，胡亦图还在高兴，自己终于熬出头了，当上了"乌乡万维空间"的董事长兼总经理。虽谈不上光宗耀祖，但也总算可以和涂宏伟、张小海这些人平起平坐。

胡亦图的家庭条件不是太好，父母都是北门一家工厂的职工。自从母亲出了车祸落下残疾之后，家里拿着一些赔偿款，在工厂旁开了一家小卖部。

平日里，他既要学习又要照顾母亲。自认为还算努力的胡亦图，在高考的时候以他的分数能上重点院校，却只填报了北门一所普通的师范大学，为的是能照应家人。

四年前，当他刚刚认识张小海的时候，越发觉得这个世道不公平。

在他眼里，张小海家庭背景好，凭借着一些关系和人脉，就可以有稳定工作，并且入股"荆州烤鱼店"，每个月轻轻松松地拿到不少的分红。

而杜若，那个经曾在演讲大赛帮助过自己的女生，家庭条件也十分优越。当自己每个月的生活费不过几百元的时候，她就可以到处旅游购物。

不过，这些感受他从没有向任何人表露过。因为他知道，抱怨是没有任何意义的，唯有不断地努力上进，才有崭露头角的机会。

3D 打印这个项目对胡亦图来说，不仅仅是一个可以改变自己的人生、改变世界的机会。当他接触到这个神奇的技术领域之后，他甚至想象有一天，能用生物 3D 打印机让妈妈重新站起来。

当他和张小海、杜若第一次聊到 3D 打印的时候，他其实也只是想碰碰运气，看看这些不差钱的人，能不能帮他实现梦想。

直到有一天晚上，胡亦图和张小海在电话里聊了五个多小时对 3D 打印事业的畅想，胡亦图才终于发现，张小海并不是一个没有理想，只会靠家里的人。从此，他才真正把张小海当成自己的朋友。

但胡亦图跟张小海等人很不同的地方是，除了会做网站，会一些 3D 打印技术之外，他没有太多的本钱去试错。每一步，他都必须小心翼翼地算计，以获得最大的成功概率。

所幸，这些年来他每走一步，或多或少都会有一些收获。而这些收获的背后，除了他的不断努力之外，也因为遇到了张小海和杜若这样靠谱的创业伙伴。

因此，当"3D 爬虫网"的访问量日益增长的时候，他敢于孤注一掷，向自己的父母和朋友借款五万元，与张小海和杜若成立公司。

本来，胡亦图是一个非常谨慎的人，特别是张小海两次创业的经历，让他更加意识到这个社会的复杂，人性的险恶。但自从与涂宏伟合作之后，胡亦图的心态发生了变化。

一开始，胡亦图对涂宏伟是比较认可的。涂宏伟的家庭条件和他相似，也是在底层通过自我奋斗，逐步取得了一些成绩。

但在深入接触此人之后，胡亦图有了不同的看法。一方面，涂宏伟的自大、自私曾一度让胡亦图非常反感；另一方面，善于吹嘘、轻易承诺的特点却让涂宏伟走向飞黄腾达，这让胡亦图很受启发。

林海珊、周佑全这些有钱人连续给涂宏伟的项目投资，涂宏伟又在自我包装下当选为政协委员。这让胡亦图渐渐意识到，努力未必能取得成绩，反而适当的投机，甚至选择站队更为重要。

所以，当周佑全有意考察"神笔团队"成员的时候，他毫不犹豫地站在了周佑全的一边，而且这是非常现实的选择。如果当时张小海不接受周佑全的条件，很有可能团队多年的努力就会泡汤。

特别是从北京融资失败回来，胡亦图深深地认识到，自己选择的这条路并不是那么好走。只有抱上周佑全这条大腿，团队才有活下去的希望。

与张小海不同的是，胡亦图并不单纯地认为，周佑全只是一个格局宏大、充满爱国激情的理想主义者。从一开始，胡亦图就发现这个人老谋深算，而且具有很强的权力欲望。

不过既然想获得利益，就必须要付出代价。如果仍然像张小海那样仗义执言，那么本来就处于弱势地位的胡亦图将什么也得不到。所以，他甘愿对周佑全言听计从，也愿意去当周佑全的监听器、传声筒。

不仅如此，胡亦图也试着不再排斥涂宏伟的所作所为。"神笔科技"成立之后，涂宏伟虽然不是一把手，但实际掌握着研发开支的大权。尽管涂宏伟在各种场合说尽大话，做各种不靠谱的事，但胡亦图都在尽力为他开脱。

一次偶然的机会，胡亦图认识了一个做农业项目的朋友，了解到了农业无人机项目的发展前景，于是顺理成章地介绍给了涂宏伟。因为胡亦图知道，涂宏伟从小就是航模和无人机的爱好者。一方面胡亦图可以更多地赢得涂宏伟的信任，另一方面也可以为团队争取利益。

然而，涂宏伟做事浮躁的缺点超出他的想象。胡亦图原以为，3D 打印技术相对复杂，而无人机似乎是涂宏伟的强项，他应该很快就可以拿出成果。结果，这事不仅造成公司的经济损失，而且因为张小海的举报，导致周佑全大发雷霆。

幸运的是，通过左右斡旋，自己非但没有受到惩处，而且进一步得到了周佑全的认可。

唯一让他感到心痛的是，曾经花费那么多年心血的"3D 爬虫网"，在周佑全的无知与自大之下，说关闭就关闭了。张小海后来在朋友圈里发布那条信息的时候，胡亦图看在眼里却只能难过在心底。

胡亦图没有点赞，也没有发表任何评论。就连网站的公告，他也尽量选择非常平淡的措辞。因为他知道，有一双眼睛始终在暗中盯着他，观察着他的一举一动。

直到有一天，胡亦图得到周佑全的高度赞赏，要被调到"乌乡力维空间"当负责人的时候，他才真正松了一口气，并对自己前期的作为感到庆幸。

周佑全还承诺，给他 20% 的干股。但前提是，想办法把涂宏伟的核心技术搞到手。当然这些话，周佑全没有明说，只是在一些非正式场合向他不断地暗示。

这个老狐狸……胡亦图暗自骂道。

但眼下，涂宏伟明显已经察觉到了他的意图。本来，如果那二十台机器能够顺利打印的话，他还有机会慢慢搞清楚一些核心原理。但周佑全催得太急了，他不得不冒着极大的风险，向冯工程师要来了一些图纸和数据。结果……

这几个月来，经过与周佑全的朝夕相处，胡亦图慢慢地发现，周佑全表面上格局宏大、待人真诚，实际上却独断专横、生性多疑。

在讨论问题的时候，周佑全经常会把自己的观点强加于人，根本不会考虑和容纳不同的意见。有时候，周佑全并不直接表明自己的意见，而是绕着圈子说话，通过暗示的方式发出指令，出了事之后，却又让别人背锅。

相比之下，张小海的真诚、善良，杜若的正直、有责任心曾让胡亦图如沐春风。而如今，周佑全的为人让他常常生活在惶恐不安之中，头顶随时都是一片乌云。

可是，这一切再也回不去了……

想到这里，胡亦图苦笑着摇了摇头。原以为前方一片坦途，结果还是荆棘丛生。

正当胡亦图准备继续工作之际，他的手机突然响起。来电显示，是杜若的号码。胡亦图有些犹豫，不知道是接还是不接。

他按下了拒接键，然后点燃了一支烟。这几个月来，以前从不抽烟的胡亦图，也学会了抽烟解闷。几支烟抽完之后，胡亦图终于鼓起勇气，给杜若打了过去。

"你还好吧？"电话里，传来了杜若轻柔的声音。

胡亦图不知该说什么才好。此时的他，心里只有内疚。

"你妈妈怎么样了？"杜若继续问道，"身体还好吗？"

"嗯……还好。"胡亦图也轻声回答道。

"亦图，你不要为我难过了。"杜若似乎知道他在想什么，"过去的事情都过去了。我现在在北京一家公司上班，一切都很好。"

"嗯。那就好。小海、珊姐他们都还好吧？"

"都很好。昨天我们还在微信群里聊到了你。"

"你们聊了些什么？"胡亦图的心一阵忐忑。

"聊了些过去的事情。"杜若语气轻松地说，"我们曾经做网站的时候，大家都还记得你熬更守夜写代码，我和小海在网上找资料……你做的那些视频放到网上，好多人都喜欢看……

"我们去学校发宣传资料，四处去找客户。后来，千哥给我们出主意，想办法。"

"还有，"杜若笑了起来，"你还记得吗？我们打败了陈迈勇。我们去成都找投资被骗。还有，那年冬天在北京，你和小海为我们的网站四处奔走，深夜还在寒冷的街头……"

这曾经的一切历历在目，仿佛就发生在昨天，胡亦图怎么会不记得呢？

胡亦图忍了又忍，实在是忍不下去……一行清泪从他的面颊滑落。

可是，走到这一步，他该怎么办呢？

搬运样机受阻拦，周佑全召开股东会

这段时间，张小海的心情极为郁闷。

自从上次在涂宏伟的办公室，他和林海珊知道了涂宏伟的想法之后，张小海就一直在观察公司里的情况。

原来在测试组，张小海是夜班，最近他和另一个员工调了，换成了白班。

　　张小海和林海珊分析了形势，涂宏伟基本是靠不住的，如果周佑全再派人来拍照和录像的话，不管是谁，坚决挡回去！

　　然而又过了半个多月，一切都非常平静，公司里的人照常干着每天的工作。

　　只有涂宏伟反倒轻松起来，上午又睡到十一点才来，下午干两三个小时的活儿，又骑上那辆春风摩托车四处兜风去了。

　　直到一天中午休息的时候，张小海才从冯工程师那里得到消息，发往"乌乡万维空间"的那六十机器，其中有十台可以打印了。

　　这天下午，张小海找到涂宏伟，问他是怎么回事。

　　涂宏伟脸上勾起一丝笑容，说道："坏事要做，好处也要一点一点给。"

　　张小海明白过来。涂宏伟最近应该是和周佑全谈判过，他们之间达成了某些协定。但具体什么内容，涂宏伟却闪烁其词。

　　张小海又赶紧找到林海珊商量对策。上次杜若告诉他们，她给胡亦图做工作，胡亦图的态度很暧昧，只是说要考虑考虑，这让二人非常失望。

　　"胡亦图那边，有新消息吗？"林海珊关切地问道。

　　张小海摇摇头说："没有。看样子，乌乡的机器有一部分可以运转了，胡亦图又有了新的幻想。"

　　林海珊也是一脸的焦急："涂宏伟肯定是要抛弃咱们的。现在该怎么办呢？"

　　张小海想了想说："现在没办法确定他们转移技术的事。你是办公室主任，先收集一下双方来往的文件、电邮作为证据。其他的，走一步看一步吧。"

　　"也只能这样了。"林海珊叹了一口气。

　　到了五月中旬的一天，乌乡那边传来消息，那十台机器时好时坏，有很多没办法连续作业。所有人都不知道是因为涂宏伟做了手脚，还是机器本身有质量问题。

　　这种情况，根本没办法应付各级领导的视察。周佑全大发雷霆，命令涂宏伟将"北门万维空间"唯一一台可以正常打印的样机发往乌乡。

　　得知这个消息之后，张小海和林海珊吃了一惊。

　　"这是'北门万维空间'的资产，周佑全凭什么发到乌乡去？"林海珊愤愤地说道，"如果这台机器不还的话，咱们公司就彻底变成空壳了！"

张小海咬咬牙，说道："现在只有一个办法了，绝不能让周佑全将这台机器顺利运走！"

第二天，一辆物流公司的大卡车停在了厂房门口。从车上下来七八个人，径直来到厂房，围在那台 3D 打印样机旁边打算装上车。

张小海和林海珊见状，急忙跑过去拦住，将这台样机护在身后。

"今天，你们谁都不准动这台机器！"张小海怒目圆睁，大声喊道。

此时，涂宏伟就站在旁边，只是静静地看着这一幕，好像眼前发生的事和他没有一点关系一样。

张小海明白：涂宏伟已经被周佑全收买了。

看着张小海这阵势，物流公司的人一时间也不敢轻举妄动。他们连忙给周佑全打了个电话，询问该怎么处理。

没过多久，张小海接到了周佑全的电话。

"你们想干什么！想要造反吗？你们这就是赤裸裸地对抗公司！"周佑全在电话里勃然大怒，咆哮道。

"别忘了，我是这个公司里最大的股东，你们都得听我的！"

接着涂宏伟又接到电话，这个电话打了足足半个小时。

周围的员工也在七嘴八舌地议论，有的在猜测发生了什么事情，有的在指责涂宏伟。

电话打完，涂宏伟看了张小海和林海珊一眼。

涂宏伟深吸一口气，然后对在场的所有员工说道："从下周开始，所有人都到'乌乡万维空间'上班！到时候把厂里的这些设备都搬运过去。"

现场的员工马上又炸了窝：

"我们是签了劳动合同的，凭什么要我们到乌乡去上班？！"

"上个月的加班费都还没发呢，你们这些骗子公司！"

"我要到劳动仲裁部门去告你们！"

当场就有好几个员工撂挑子了，提出要离职和补偿。

张小海的心彻底凉了。没想到涂宏伟竟然愚蠢到这一步，好端端的一个公司，就因为听从周佑全的遥控指挥，搞到这种不可收拾的局面！

无奈之下，张小海和林海珊只好选择了报警。

没过多久，一辆警车缓缓从公司大门开了进来，停在了厂房门口。两名警察从车上走了下来。

他们简单地了解了情况，其中一名警察对于处理这类问题，似乎有些经验。

这位警察对张小海和林海珊说道："建议你们内部通过协商来解决。如果协商不好，到时候再来找我们。"

张小海点点头，说道："我们愿意协商解决，但是看这样子，只怕是那边不同意！"

"这好办！"这位警察掏出手机，对张小海说道："把他的电话号码给我，我给他说明一下这里的情况。"

在警方的协调下，周佑全终于同意双方坐下来协商。

周佑全通知公司的所有股东：两天后的上午，在"北门万维空间"召开股东会，协商处理最近出现的一些问题。

当天下午，张小海联系了杜若，杜若表示会尽快赶到北门市。

第二天中午，张小海和林海珊在机场接到了杜若，他们三人在市区的一家饭馆里吃饭。

"周佑全他们三个人，现在简直就是一丘之貉！"杜若气愤地说道，"现在我们一没有技术，二没有资金，靠我们自己是干不下去的。"

张小海和林海珊相互看了一眼，表示认同。

"现在，我们只能在股东大会上要求对公司清盘，退出 3D 打印项目，这样或多或少可以挽回一些损失……"杜若无奈地说道。

拿起身前的酒杯，张小海将杯中的啤酒一饮而尽。

"只好这么办了！"张小海的心里，已经满是失落。

第二天上午九点，"北门万维空间"股东大会准时召开，公司的六位股东围着会议桌坐下。

偌大的会议室里，张小海、杜若和林海珊坐在一方，周佑全、涂宏伟和胡亦图坐在另一方。这界线分明的座次，已经表明了每个人的立场。

看到周佑全那张冷漠的面孔，张小海心里越来越不是滋味。曾经那么和蔼友善的周大哥，如今居然变成了这副面孔。

"我们要求清盘退股！"张小海语气坚定地说。尽管嘴上很强硬，但他的眼泪就快要掉下来了。

"小海兄弟，"周佑全点燃一支烟，慢悠悠地说道，"你们现在这样的做法，完全是不顾整个'万维空间'的利益，更是要把3D打印的伟大事业抛在脑后啊！"

"你给我住嘴！"杜若站起来，横眉冷对地指着周佑全，"少来这一套！你们这群人，背地里干了多少坏事，以为我们不知道？"

周佑全听到些话，悻悻地按了一下桌上的笔记本。

"大家冷静冷静。"涂宏伟在一旁边说了话，"有什么事好好商量。"

料想涂宏伟早已经想好了退路，张小海也不再和他多说废话。

他拿出事先已经准备好的一些文件资料，把这几年"北门万维空间"取得的成绩简单说了一遍，然后提出了他和杜若、林海珊认为合理的退股价格。

"哼哼……"周佑全的鼻腔发出不屑的声音，然后说道，"没有我的支持，你们能走到今天？"

"公司账上早就没多少钱了，要不是我的全力支持，涂宏伟能生产六十台机器？"

张小海一时没有明白过来，但还是比较客气地说："周总，六百万的后续投资款，你是签了协议的，我们现在只不过是在按协议办事。"

"你们这帮小孩啊……"周佑全抽了一口烟，背靠在坐椅上说道，"你自己算算看，这六百万能生产多少台？"

说完他又看了一眼涂宏伟，旁敲侧击地说道："只要你们继续在'万维空间'这个体系下好好干，是不会差钱的。

"而且，我还可以告诉你们，"周佑全继续看着张小海，说道，"如果严格走清盘流程，你们不仅得不到一分钱，每个人反倒会欠我一大笔！"

张小海这才意识到问题的严重性。前期他也计算过，如果一次性生产六十台机器，公司账上就要亏空三百万元。

林海珊急切地问道："公司从来没有借过外债，又怎么可能会欠你钱呢？"

周佑全手指轻轻敲打着桌面，似笑非笑地说："如果不是我借给'北门万维空间'三百万，后续哪有那么多的资金生产二十台机器？

"这下你们懂了吧？"斜靠在椅背上，周佑全很是得意。

杜若实在是看不下去了，又站起来说道："你们这群法盲！公司即使要借外债，也是需要股东会商议，董事会批准的。你不经过我们的同意，擅自向股东借款，本身就是违法的！"

周佑全似乎早就料到她会这样说，两手一摊，说道："没问题啊。今天所有的股东都在这里，大家投票表决好了。不过是履行一下手续而已。"

张小海一方的脸色都变得相当难看。张小海心里十分清楚，作为小股东，他们在这个问题上，眼下没有任何话语权。

公司现在面临的客观现实是：既有一大笔外债，而且专利技术又掌握在涂宏伟等人手里，就算是评估这些无形资产，也很难有公正的价格。如果强行清盘，很可能资不抵债。而涂宏伟把专利技术换一个名头，就可以在"乌乡万维空间"另起炉灶！

顿时，张小海如同泄了气的皮球一般，情绪十分低落。杜若似乎也已经无话可说。

唯有林海珊拿出一份文件，似乎要做最后一搏："你们用'万维空间总部'的名义，把胡亦图调离岗位到乌乡任职，本来就是违法的！我们可以到法院去告你们！"

周佑全侧头看了胡亦图一眼。胡亦图默不作声地低着头，似乎不愿面对这尴尬的场面。

"去告吧！"周佑全满不在乎地说，"这只是一个非正式文件，又能说明什么问题？你们手里还有什么证据，统统都拿出来吧！"

张小海拉了拉林海珊，摇了摇头。他的意思是，如果没有切实可靠的证据，能证明周佑全、涂宏伟等人损害全体股东的利益，那这份文件是没多少作用的。

周佑全再一次掌控了全局。

"别说我不给各位机会，"周佑全对张小海、杜若和林海珊提议道，"愿意留下的，我周某从今以后不再计较。

"要想走的，如果不拿一分钱净身退出，我也不再追究你们的债务！"

看着张小海三人垂头丧气的样子，周佑全又点了一支烟放在嘴里，气定神闲地说道：

"没事，你们可以慢慢考虑，不着急。"

不是尾声的尾声

就在众人以为周佑全胜券在握的时候，一个人突然从他身边站了起来。

"周大哥，对不起了！"

张小海抬起头来，只见胡亦图从对面走了过来，然后在他身边坐下。

"这是我最近收集的证据，希望对你们有帮助。"胡亦图说着，从挎包里拿出一个 U 盘，又拿出几份文件。

周佑全见状一拍桌子，勃然大怒道："胡亦图！你小子要干什么？"

胡亦图并不理会他，继续对杜若说道："杜若，小海，姗姐。我曾经一度以为，我有今天的成绩，是靠自己的努力。

"但那天你给我打了电话，我反省了很久。没有你们的帮助，我什么都不是。你们才是我真正的创业伙伴！"

胡亦图转过身来，直视着周佑全和涂宏伟，说道："周大哥，涂宏伟。你们一个有资金，一个有技术。我原以为，你们可以帮助我实现我的梦想……"

周佑全挥了一下手，打断他说："亦图，你的梦想我知道！'万维空间'不会亏待你的，你现在已是乌乡公司的董事长了，下一步，我们还有好几亿的工程可以做！"

"不，你错了！"胡亦图站起身来，扫视了一下周佑全和涂宏伟，继续说道，"你不知道，你们都不知道！"

"小海知道，杜若知道！"胡亦图十分动情地说，"有过多少日子，我和小海为我们的梦想聊到深夜，又有多少日子，杜若帮我修改文章……"

胡亦图有些哽咽："我们辛辛苦苦做出来的网站，受到那么多人的欢迎……我们为了 3D 打印奔走在大街小巷，学校机关……我们一次又一次找投资机构，受尽冷遇和白眼……

"我们为的是什么？我们难道仅仅是为了钱，为了名誉地位吗？"

周佑全有些不知所措，向来唯唯诺诺的胡亦图，眼下仿佛完全变成了另一个人。

胡亦图深吸了一口气，用极度厌恶的眼神盯着涂宏伟，指着他说："可是你呢？涂宏伟，你也有所谓的梦想！

"可你成天说大话，吹牛皮。一个好端端的团队被你搞得乌烟瘴气！

"小海当总经理的时候，你还有所收敛。自从你管理团队之后，上行下效，下面的员工哪一天认真做过事？

"有钱就干活儿，没钱就偷懒。就连原先一些很优秀的工程师，也陪着你玩无人机、冲锋舟！"

听胡亦图这么一说，涂宏伟也坐不住了。

涂宏伟拍着桌子，愤愤地说道："无人机的事你也有份，你还好意思说我？"

"没错，是我的不对！"胡亦图坦然回应道，"这件事，小海劝过我，杜若也拦过我，可我却执迷不悟。这件事过后，我的内心一直很不安。我们浪费那么多宝贵的时光，浪费了周大哥、珊姐那么多的资金。"

见胡亦图提到了他，周佑全有些大度地说道："亦图兄弟，钱的事，就不提了。你知道错就行了。赶紧坐回来，有事好商量！"

胡亦图再次看着周佑全，缓缓说道："周大哥，我是不会再回去了……最近一段时间，我一直吃不下饭，睡不好觉，一直在思考'万维空间'的前途和未来。

"尽管你的布局很宏大，资金很充沛，但整个'万维空间'团队，四处都充满假大空的氛围。

"你经常教育我们，我们每个人都要真诚……"胡亦图停顿了一下，继续说，"实话说，除了小海，杜若，姗姐，我看不到哪里有真诚的地方……

"包括我见过的其他公司的成员，整个'万维空间'上上下下钩心斗角，尔虞我诈……我实在想象不出，未来我们会走向何方……"

胡亦图的一番话，让会议室里所有人都沉默良久。

周佑全大概自己也没想到，胡亦图会把他编织的一片美丽虚假的幻象撕成一片粉碎！

"周大哥，"胡亦图打破了一片安静，"如果您还有一点真诚的话，就让大家好聚好散吧！"

周佑全长叹一口气，不再说什么。林海珊则在一旁抽泣起来。

几天后，周佑全在胡亦图的建议下，拟定了一份退股协议，然后交给了张小海等人。看着这份协议，张小海的心里五味杂陈。

协议上，周佑全同意以当初成立"北门万维空间"的资产为基准，以原价回购张小海、杜若、林海珊、胡亦图四人的股份，也不追究现有的债务。

之后，四人分别在这份退股协议上签了字。

他们漫无目的地走在大街上。一时间，他们也不知道今后到底该往何处去。

找了一间咖啡厅，他们推门进去。

"亦图，"张小海关切地问道，"下一步，你有什么打算？"

胡亦图想了想说："我还是回到北门，休息一段时间，再找点事做。我不想离我妈妈太远了。"

"你呢？姗姐。"

林海珊看了看明亮的玻璃窗外，说道："这个地方，我暂时不想再待下去了。我打算先回上海，再找点事做。"

"这样也好！"杜若问张小海，"小海，那你呢？"

叹了口气，张小海说道："今后要做什么，我也没有想好。"

"既然这样的话，"杜若看着张小海，"要不，和我一起去北京。机会很多，或许会有适合你的工作。"

张小海觉得，杜若的这个提议倒也不错。

创业这些年，张小海对北门又爱又恨。这个为他提供了许多创业机遇的地方，却也带给了他惨痛的教训。

不如去北京待上一阵子，学习更多的知识也好，给自己换换空气也好。张小海这样想。

做任何事情，只凭着自己的一腔热血是远远不够的。

每当回想起这几年的创业经历，张小海心中便会生出万千感慨。这些经历，都是人生十分宝贵的财富，值得他用一生珍藏。

离开了北门市，张小海又回到了他大学期间待过四年的地方——北京，这个充满了无限的梦想和可能的城市。

人的一生，总要为了什么而活着。

张小海觉得，他人生的这场创业之旅，现在或许才刚刚开始！

后　记

　　张小海、杜若等主人公的创业故事暂时告一段落。按照我的想法，《小海创业记》这部小说应当有第二部、第三部，甚至更多。

　　在本书中，主要讲述的是绝大多数团队在创业初期会遇到的一些问题，譬如，如何评估项目、如何搭建团队、如何找到创业资金。在这个阶段，只要有正确的价值观，有相对靠谱的识人辨才能力，再加上科学的项目评估方法和初级的财务知识，一个小小的创业团队就能暂时生存下来。

　　而一个企业要真正走向正轨，形成良性的运营管理，实际上还要走相当长的一段路。在第二部小说的规划中，张小海等人来到北京与杜若一起进入一家互联网企业，他们更加深入地接触到了更多实质性的运营知识，同时也遇到了许多意想不到的困难，甚至一些问题严重制约了公司的业务发展和个人成长。

　　他们是如何克服这些困难，一步一步获得更多宝贵的认知，从而取得更多更好的成绩，这些将在《小海创业记》第二部中体现。书中可能会少一些曲折的故事情节，加入更多的运营知识。其中，曾辅导过58同城、优酷土豆等知名企业的管理咨询专家，著名的CScapital创始人曹申老师，将在他们的成长进步中起到关键性的作用。

　　最后，非常感谢洪常春老师、曹申老师等师长对我的指点和帮助。如果读者朋友们对本书有更好的建议，欢迎关注我的微信公众号"千哥创业谈"，我们共同成长进步！

图书在版编目（CIP）数据

小海创业记/蒲凡著. —北京：中国财富出版社，2019.10

ISBN 978-7-5047-7037-0

Ⅰ.①小…　Ⅱ.①蒲…　Ⅲ.①长篇小说—中国—当代　Ⅳ.①I247.5

中国版本图书馆CIP数据核字(2019)第216908号

策划编辑	郝婧婕	**责任编辑**	齐惠民　蔡　莹		
责任印制	梁　凡	**责任校对**	刘瑞彩	**责任发行**	董　倩

出版发行	中国财富出版社		
社　　址	北京市丰台区南四环西路188号5区20楼	**邮政编码**	100070
电　　话	010-52227588转2098（发行部）		010-52227588转321（总编室）
	010-52227588转100（读者服务部）		010-52227588转305（质检部）
网　　址	http://www.cfpress.com.cn		
经　　销	新华书店		
印　　刷	天津雅泽印刷有限公司		
书　　号	ISBN 978-7-5047-7037-0/I·0298		
开　　本	710mm×1000mm　1/16	**版　　次**	2020年1月第1版
印　　张	12	**印　　次**	2020年1月第1次印刷
字　　数	195千字	**定　　价**	58.00元